城南旧事

林海音

林海音文集

江苏凤凰文艺出版社

图书在版编目（CIP）数据

城南旧事 / 林海音著. — 南京：江苏凤凰文艺出版社，2017.5
（林海音文集）
ISBN 978-7-5399-9257-0

Ⅰ．①城… Ⅱ．①林… Ⅲ．①小说集－中国－当代 Ⅳ．①I247

中国版本图书馆 CIP 数据核字(2016)第 097176 号

书　　　名	城南旧事
著　　　者	林海音
责 任 编 辑	胡　泊　孙建兵
出 版 发 行	凤凰出版传媒股份有限公司
	江苏凤凰文艺出版社
出版社地址	南京市中央路 165 号，邮编：210009
出版社网址	http://www.jswenyi.com
经　　　销	凤凰出版传媒股份有限公司
印　　　刷	江苏凤凰盐城印刷有限公司
开　　　本	880×1230 毫米　1/32
印　　　张	8.875
字　　　数	173 千字
版　　　次	2017 年 5 月第 1 版　2021 年 6 月第 2 次印刷
标 准 书 号	ISBN 978-7-5399-9257-0
定　　　价	42.80 元

（江苏凤凰文艺版图书凡印刷、装订错误可随时向承印厂调换）

目录

城南旧事　　001

孟珠的旅程　　149

城南旧事

惠安馆

一

太阳从大玻璃窗透进来,照到大白纸糊的墙上,照到三屉桌上,照到我的小床上来了。我醒了,还躺在床上,看那道太阳光里飞舞着的许多小小的、小小的尘埃。宋妈过来掸窗台,掸桌子,随着鸡毛掸子的舞动,那道阳光里的尘埃加多了,飞舞得更热闹了,我赶忙拉起被来蒙住脸,是怕尘埃把我呛得咳嗽。

宋妈的鸡毛掸子轮到来掸我的小床了,小床上的棱棱角角她都掸到了,掸子把儿碰在床栏上,格格地响,我想骂她,但她倒先说话了:

"还没睡够哪!"说着,她把我的被大掀开来,我穿着绒裤褂的身体整个露在被外,立刻就打了两个喷嚏。她强迫我起来,给我穿衣服。印花斜纹布的棉袄棉裤,都是新做的;棉裤筒多可笑,可以直立放在那里,就知道那棉花多厚了。

妈正坐在炉子边梳头,倾着身子,一大把头发从后脖子顺过来,她就用篦子篦呀篦呀的,炉子上是一瓶玫瑰色的发油,天气冷,油凝住了,总要放在炉子上化一化才能搽。

窗外很明亮,干秃的树枝上落着几只不怕冷的小鸟。我在想,什么时候那树上才能长满叶子呢?这是我们在北京过的第一个冬天。

妈妈还说不好北京话,她正在告诉宋妈,今天买什么菜。妈不会说"买一斤猪肉,不要太肥"。她说:"买一斤租漏,不要太回。"

妈妈梳完了头,用她的油手抹在我的头发上,也给我梳了两条辫子。我看宋妈提着篮子要出去了,连忙喊住她:

"宋妈,我跟你去买菜。"

宋妈说:

"你不怕惠难馆的疯子?"

宋妈是顺义县人,她也说不好北京话,她说成"惠难馆",妈说成"灰娃馆",爸说成"飞安馆",我随着胡同里的孩子说"惠安馆",到底哪一个对,我不知道。

我为什么要怕惠安馆的疯子?她昨天还冲我笑呢!她那一笑真有意思,要不是妈紧紧拉着我的手,我就会走过去看她,跟她说话了。

惠安馆在我们这条胡同的最前一家,三层石台阶上去,就是两扇大黑门凹进去,门上横着一块匾,路过的时候爸教我念过:"飞安会馆"。爸说里面住的都是从"飞安"那个地方来的学生,像叔叔一样,在大学里念书。

"也在北京大学?"我问爸爸。

"北京的大学多着呢,还有清华大学呀!燕京大学呀!"

"可以不可以到飞安——不,惠安馆里找叔叔们玩一玩?"

"做唔得！做唔得！"我知道，我无论要求什么事，爸终归要拿这句客家话来拒绝我。我想总有一天我要迈上那三层台阶，走进那黑洞洞的大门里去的。

惠安馆的疯子我看见好几次了，每一次只要她站在门口，宋妈或者妈就赶快捏紧我的手，轻轻说："疯子！"我们就擦着墙边走过去，我如果要回头再张望一下，她们就用力拉我的胳膊制止我。其实那疯子还不就是一个梳着油松大辫子的大姑娘，像张家李家的大姑娘一样！她总是倚着门墙站着，看来来往往过路的人。

是昨天，我跟着妈妈到骡马市的佛照楼去买东西，妈是去买搽脸的鸭蛋粉，我呢，就是爱吃那里的八珍梅。我们从骡马市大街回来，穿过魏染胡同、西草厂，到了椿树胡同的井窝子，井窝子斜对面就是我们住的这条胡同。刚一进胡同，我就看见惠安馆的疯子了，她穿了一身绛紫色的棉袄，黑绒的毛窝，头上留着一排刘海儿，辫子上扎的是大红绒绳，她正把大辫子甩到前面来，两手玩弄着辫梢，愣愣地看着对面人家院子里的那棵老洋槐。干树枝子上有几只乌鸦，胡同里没什么人。

妈正低头嘴里念叨着，准是在算她今天一共买了多少钱的东西，好跟无事不操心的爸爸报账，所以妈没留神已经走到了"惠安馆"。我跟在妈的后面，一直看疯子，竟忘了走路。这时疯子的眼光从洋槐上落下来，正好看到我，她眼珠不动地盯着我，好像要在我的脸上找什么。她的脸白得发青，鼻子尖有点红，大概是冷风吹冻的，尖尖的下巴，两片薄嘴唇紧紧地闭着。忽然她的嘴唇动了，眼睛也眨了两下，带着笑，好像要说话，弄着辫梢的手也向我伸出来，招我过去呢。不知怎么，我浑身大大地打了一个寒战，跟着，我就随着她的招手和笑意要向她走去。可是妈回过头来了，突然把我一拉：

"怎么啦，你？"

"嗯？"我有点迷糊。妈看了疯子一眼，说：

"为什么打哆嗦？是不是怕——是不是要溺尿？快回家！"我的手被妈使劲拖拉着。

回到家来，我心里还惦念着疯子的那副模样儿。她的笑不是很有意思吗？如果我跟她说话——我说："嘿！"她会怎么样呢？我愣愣地想着，懒得吃晚饭，实在也是八珍梅吃多了。但是晚饭后，妈对宋妈说：

"英子一定吓着了。"然后给我沏了碗白糖水，叫我喝下去，并且命令我钻被窝睡觉。……

这时，我的辫子梳好了，追了宋妈去买菜，她在前面走，我在后面跟着。她的那条恶心的大黑棉裤，那么厚，那么肥，裤脚绑着。别人告诉妈说，北京的老妈子很会偷东西，她们偷了米就一把一把顺着裤腰装进裤兜子，刚好落到绑着的裤脚管里，不会漏出来。我在想，宋妈的肥裤脚里，不知道有没有我家的白米？

经过惠安馆，我向里面看了一下，黑门大开着，门道里有一个煤球炉子,那疯子的妈妈和爸爸正在炉边煮什么,大家都管疯子的爸爸叫"长班老王",长班就是给会馆看门的,他们住在最临街的一间屋子。宋妈虽然不许我看疯子,但是我知道她自己也很爱看疯子,打听疯子的事,只是不许我听不许我看就是了。宋妈这时也向惠安馆里看,正好疯子的妈妈抬起头来,她和宋妈两人同时说:"吃了吗?您!"爸爸说北京人一天到晚闲着没有事,不管什么时候见面都要问吃了没有。

出了胡同口往南走几步,就是井窝子,这里满地是水,有的地方结成薄薄的冰,独轮水车来一辆去一辆,他们扭着屁股推车,车子吱吱扭扭地响,好刺耳,我要堵起耳朵啦!井窝子有两个人正向深井里打水,水打上来倒在一个好大的水槽里,推水的人就在大水槽里接了水再送到各家去。井窝子旁住着一个我的朋友——和我一般高的妞儿。我这时停在井窝子旁边不走了,对宋妈说:

"宋妈,你去买菜,我等妞儿。"

妞儿,我第一次是在油盐店里看见她的。那天她两只手端了两个碗,拿了一大枚,又买酱,又买醋,又买葱,伙计还逗着说:"妞儿,唱一段才许你走!"妞儿眼里含着泪,手摇晃着,醋都要洒了,我有说不出的气恼,一下窜到妞儿身旁,插着腰问他们:

"凭什么?"

就这样,我认识了妞儿。

妞儿只有一条辫子,又黄又短,像妈在土地庙给我买的小狗的尾巴。第二次看见妞儿,是我在井窝子旁边看打水。她过来了,一声不响地站在我身边,我们俩相对着笑了笑,不知道说什么好。过一会儿,我就忍不住去摸她那条小黄辫子了,她又向我笑了笑,指着后面,低低的声音说:

"你就住在那条胡同里?"

"嗯。"我说。

"第几个门?"

我伸出手指头来算了算:

"一,二,三,四,第四个门。到我们家来玩儿。"

她摇摇头说:"你们胡同里有疯子,妈不叫我去。"

"怕什么?她又不吃人。"

她仍然是笑笑地摇摇头。

妞儿一笑,眼底下鼻子两边的肉就会有两个小漩涡,很好看,可是宋妈竟跟油盐店的掌柜说:

"这孩子长得俊倒是俊,就是有点薄,眼睛太透亮了,老像水汪着,你看,眼底下有两个泪坑儿。"

我心里可是有说不出的喜欢她,喜欢她那么温和,不像我一急宋妈就骂我的:"又跳?又跳?小暴雷。"那天她跟我在井窝子边站了一会儿,就小声地说:"我要回去了,我爹等着我吊嗓子。赶明儿见!"

我在井窝子旁跟妞儿见过几次面了,只要看见红棉袄裤从那边闪过来,我就满心的高兴,可是今天,等了好久都不见她出来,很失望,我的绒裤子口袋里还藏着一小包八珍梅,要给妞儿吃的。我摸摸,发热了,包的纸都破烂了,黏乎乎的,宋妈洗衣服时,我还得挨她一顿骂。

我觉得很没意思,往回家走,我本来想今天见着妞儿的话,就告诉她一个好主意,从横胡同穿过到我家,就用不着经过惠安馆,不用怕看见疯子了。

我低头这么想着,走到惠安馆门口了。

"嘿!"

吓了我一跳!正是疯子。咬着下嘴唇,笑着看我。她的眼睛里透亮,一笑眼底下——就像宋妈说的,怎么也有两个泪坑儿呀!我想看清楚她,我是多么久以前就想看清楚她的。我不由得对着她的眼神走上了台阶。太阳照在她的脸上,常常是苍白的颜色,今天透着亮光了。揣在短棉袄里的手伸出来拉住我的手,那么暖,那么软。我这时看看胡同里,没有一个人走过。真奇怪,我现在怕的不是疯子,倒是怕人家看见我跟疯子拉手了。

"几岁了?"她问我。

"嗯——六岁。"

"六岁!"她很惊奇地叫了一声,低下头来,忽然撩起我的辫子看我的脖子,在找什么。"不是。"她喃喃地自己说话,接着又问我:

"看见我们小桂子没有?"

"小桂子?"我不懂她在说什么。

这时大门里疯子的妈妈出来了,皱着眉头怪着急地说:

"秀贞,可别把人家小姑娘吓着呀!"又转过脸来对我说:

"别听她的,胡说呢!回去吧!等回头你妈不放心。嗯——听见没有?"她说着,用手扬了扬,叫我回去。

我抬头看着疯子,知道她的名字叫秀贞了。她拉着我的手,轻摇着,并不放开我。她的笑,增加了我的勇气,我对老的说:

"不!"

"小南蛮子儿!"秀贞的妈妈也笑了,轻轻地指点着我的脑门儿,这准是一句骂我的话,就像爸爸常用看不起的口气对妈说"他们这些北仔鬼"是一样的吧!

"在这儿玩不要紧,你家来了人找,可别赖是我们姑娘招的你。"

"我不说的啦!"何必这么嘱咐我?什么该说,什么不该说,我都知道。妈妈打了一只金镯子,藏在她的小首饰箱里,我从来不会告诉爸爸。

"来!"秀贞拉着我往里走,我以为要到里面那一层一层很深的院子里去找上大学的叔叔们玩呢,原来她把我带进了她们住的门房。

屋里可不像我家里那么亮,玻璃窗小得很,临窗一个大炕,中间摆了一张矮炕桌,上面堆着活计和针线盒子。秀贞从桌上拿起了一件没做完的衣服,朝我身上左比右比,然后高兴地对走进来的她的妈妈说:

"妈,您瞧,我怎么说的,刚合适!那么就开领子吧。"说着,她又找了一根绳子，绕着我的脖子量，我由她摆布，只管看墙上的那张画，画儿是一个白胖大娃娃，没有穿衣服，手里捧着大元宝，骑在一条大大的红鱼上。

秀贞转到我的面前来，看我仰着头，她也随着我的眼光看那张画，满是那么回事地说：

"要看炕上看去，看我们小桂子多胖，那阵儿才八个月，骑着大金鱼，满屋里转，玩得饭都不吃，就这么淘……"

"行啦行啦！不——害——臊！"秀贞正说得高兴，我也听得糊里糊涂，长班老王进来了，不耐烦地瞪了秀贞一眼说她。秀贞不理会她爸爸，推着我脱鞋上炕，凑近在画下面，还是只管说：

"饭不吃，衣服也不穿，就往外跑，老是急着找她爹去，我说了多少回都不听，我说等我给多做几件衣服穿上再去呀！今年的衬裤倒是先做好了，背心就差缝纽子了。这件棉袄开了领子马上就好。可急的是什么呀！真叫人纳闷儿，到底是怎么档子事儿……"她说着说着不说了，低着头在想那纳闷儿的事，一直发愣。我想，她是在和我玩"过家家儿"吧？她妈不是说她胡说吗？要是过家家儿，我倒是有一套玩意儿，小手表，小算盘，小铃铛，都可以拿来一起玩。所以我就说：

"没有关系，我把手表送给小桂子，她有了表就有一定时候回家了。"可是，——这时我倒想起妈会派宋妈来找我，就又说："我也要回家了。"

秀贞听我说要走,她也不发愣了,一面随着我下了炕,一面说:"那敢情好,先谢谢你啦!看见小桂子叫她回来,外头冷,就说我不骂她,不用怕。"

我点了点头,答应她,真像有那么一个小桂子,我认识的。

我一边走着一边想,跟秀贞这样玩儿,真有意思。假装有一个小桂子,还给小桂子做衣服。为什么人家都不许他们的小孩子跟秀贞玩儿呢?还管她叫疯子?我想着就回头去看,原来秀贞还倚着墙看我呢!我一高兴就连跑带跳地回家来。

宋妈正在跟一个老婆子换洋火,房檐底下堆着字纸篓、旧皮鞋、空瓶子。

我进了屋子就到小床前的柜里找出手表来。小小的圆圆的金表,镶着几粒亮亮的钻石,上面的针已经不能走动了,妈妈说要修理,可一直放着,我很喜欢这手表,常拿来戴在手上玩,就归了我了。我正站在三屉桌前玩弄着,忽然听见窗外宋妈正和老婆子在说什么,我仔细听,宋妈说:

"后来呢?"

"后来呀,"换洋火的老婆子说,"那学生一去到如今就没回来!临走的时候许下的,回到他老家卖田卖地,过一个月就回来明媒正娶她。好嘛!这一等就是六年啦!多俊的姑娘,我眼瞧着她疯的。……"

"说是怎么着?还生了个孩子?"

"是呀！那学生走的时候，姑娘她妈还不知道姑娘有了，等到现形了，这才赶着送回海甸义地去生的。"

"义地？"

"就是他们惠安义地，惠安人在北京死了就埋在他们惠安义地里。原来王家是给义地看坟的，打姑娘的爷爷就看起，后来才又让姑娘她爹来这儿当长班，谁知道出了这么档子事儿。"

"他们这家子倒是跟惠难有缘，惠难离咱们这儿多远哪？怎么就一去不回头了呢？"

"可远喽！"

"那么生下来的孩子呢？"

"孩子呀，一落地就裹包裹包，趁着天没亮，送到齐化门城根底下啦！反正不是让野狗吃了，就是让人捡去了。"

"姑娘打这儿就疯啦？"

"可不，打这儿就疯了！可怜她爹妈，这辈子就生下这么个姑娘。唉！"

两个人说到这儿都不言语了，我这时已经站到屋门口倾听。宋妈正数着几包丹凤牌的红头洋火，老婆子把破烂纸往她的大筐里塞呀塞呀！鼻子里吸溜着清鼻涕。宋妈又说：

"下回给带点刨花来。那——你跟疯子她们是一地儿的人呀？"

"老亲喽！我大妈娘家二舅屋里的三姐算是疯子她二妈，现在还在看坟，他们说的还有错儿吗？"

宋妈一眼看见了我,说:

"又听事儿,你。"

"我知道你们说谁。"我说。

"说谁?"

"小桂子她妈。"

"小桂子她妈?"宋妈哈哈大笑,"你也疯啦?哪儿来的小桂子她妈呀?"

我也哈哈笑了,我知道谁是小桂子她妈呀!

二

天气暖和多了,棉袄早就脱下来,夹袄外面早晚凉就罩上一件薄薄的棉背心,又轻又软。我穿的新布鞋,前头打了一块黑皮子头,老王妈——秀贞她妈,看见我的新鞋说:

"这双鞋可结实哟——把我们家的门槛儿踢烂了,你这双鞋也破不了!"

惠安馆我已经来熟了,会馆的大门总是开着一扇,所以我随时可以溜进来。我说溜进来,因为我总是背着家里的人偷着来的,他们只知道我常常是随着宋妈买菜到井窝子找妞儿,一见宋妈进了油盐店,我就回头走,到惠安馆来。

我今天进了惠安馆,秀贞不在屋里。炕桌上摆着一个大玻璃缸,

里面是几条小金鱼,游来游去。我问王妈:

"秀贞呢?"

"跨院里呢!"

"我去找她。"我说。

"别介,她就来,你这儿等着,看金鱼吧!"

我把鼻子顶着金鱼缸向里看,金鱼一边游一边嘴巴一张一张地在喝水,我的嘴也不由得一张一张地在学鱼喝水。有时候金鱼游到我的面前来,隔着一层玻璃,我和鱼鼻子顶牛儿啦!我就这么看着,两腿跪在炕沿上,都麻了,秀贞还不来。

我翻腿坐在炕沿上,又等了一会,还不见秀贞来,我急了,溜出了屋子,往跨院里去找她。那跨院,仿佛一直都是关着的,我从来也没有见谁去过那里。我轻轻推开跨院门进去,小小的院子里有一棵不知道什么树,已经长了小小的绿叶子了。院角地上是干枯的落叶,有的烂了。秀贞大概正在打扫,但是我进去时看见她一手拿着扫帚倚在树干上,一手掀起了衣襟在擦眼睛,我悄悄走到她跟前,抬头看着她。她也许看见我了,但是没理会我,忽然背转身子去,伏着树干哭起来了,她说:

"小桂子,小桂子,你怎么不要妈了呢?"

那声音多么委屈,多么可怜啊!她又哭着说:

"我不带你,你怎么认得道儿,远着呢!"

我想起妈妈说过,我们是从很远很远的家乡来的,那里是个岛,四面都是水，我们坐了大轮船，又坐大火车，才到这个北京来。我曾问妈妈什么时候回去，妈说早着呢，来一趟不容易，多住几年。那么秀贞所说的那个远地方，是像我们的岛那么远吗？小桂子怎么能一个人跑了去？我替秀贞难过，也想念我并不认识的小桂子，我的眼泪掉下来了。在模模糊糊的泪光里，我仿佛看见那骑着大金鱼的胖娃娃，是什么也没穿啊！

我含着眼泪，大大地倒抽了一口气，为的不让我自己哭出来，我揪揪秀贞的裤腿叫她：

"秀贞！秀贞！"

她停止了哭声，满脸泪蹲下来，搂着我，把头埋在我的前胸擦来擦去，用我的绵绵软软的背心，擦干了她的泪，然后她仰起头来看看我笑了，我伸出手去理顺她被揉乱的刘海儿，不由得说：

"我喜欢你，秀贞。"

秀贞没有说什么，吸溜着鼻涕站起来。天气暖和了，她也不穿绑腿棉裤了，现在穿的是一条肥肥的散腿裤。她的腿很瘦吗？怎么风一吹那裤子，显得那么晃荡。她浑身都瘦，刚才蹲下来伏在我的胸前时，我看那块后脊背，平板儿似的。

秀贞拉着我的手说：

"屋里去，帮着拾掇拾掇。"

小跨院里只有这么两间小房，门一推吱扭扭的一串尖响，那声音不好听，好像有一根刺扎在人心上。从太阳地里走进这阴暗的屋里来,怪凉的。外屋里,整整齐齐地摆着书桌,椅子,书架,上面满是灰土,我心想,应该叫我们宋妈来给掸掸,准保扬起满屋子的灰。爸爸常常对妈说,为什么宋妈不用湿布擦,这样大掸一阵,等一会儿,灰尘不是又落回原来的地方了吗?但是妈妈总请爸爸不要多嘴,她说这是北京规矩。

走进屋里去,房间更小一点,只摆了一张床,一个茶几。床上有一口皮箱,秀贞把箱子打开来,从里面拿出一件大棉袍,我爸爸也有,是男人的。秀贞把大棉袍抱在胸前,自言自语地说:

"该翻翻添点棉花了。"

她把大棉袍抱出院子去晒,我也跟了去。她进来,我也跟进来。她叫我和她把箱子抬到院子太阳底下晒,里面只有一双手套,一顶呢帽和几件旧内衣。她很仔细地把这几件零碎衣物摊开来,并且拿起一件条子花纹的褂子对我说:

"我瞧这件褂子只能给小桂子做夹袄里子了。"

"可不是,"我翻开了我的夹袄里给秀贞看,"这也是用我爸爸的旧衣服给改的。"

"你也是用你爸爸的?你怎么知道这衣服就是小桂子她爹的?"秀贞微笑着瞪眼问我,她那样子很高兴,她高兴我就高兴,可是我怎么会知道这是小桂子她爹的?她问得我答不出,我斜着头笑了,她逗着我的下巴还是问:

"说呀!"

我们俩这时是蹲在箱子旁,我很清楚地看着她的脸,刘海儿被风吹倒在一边,她好像一个什么人,我却想不出。我回答她说:

"我猜的。那么——"我又低声地问她,"我管小桂子她爹叫什么呀?"

"叫叔叔呀!"

"我已经有叔叔了。"

"叔叔还嫌多?叫他思康叔叔好了,他排行第三,叫他三叔也行。"

"思康三叔,"我嘴里念着,"他几点钟回家?"

"他呀,"秀贞忽然站起来,紧皱着眉毛斜起头在想,想了好一会儿才说,"快了。走了有个把月了。"

说着她又走进屋,我再跟进去,弄这弄那,又跟出来,搬这搬那,这样跟出跟进忙得好高兴。秀贞的脸这时粉嘟嘟的了,鼻头两边也抹了灰土,鼻子尖和嘴唇上边渗着小小的汗珠,这样的脸看起来真好看。

秀贞用袖子抹着她鼻子上的汗,对我说:"英子,给我打盆水来会不会?屋里要擦擦。"

我连忙说:

"会,会。"

跨院的房子原和门房是在一溜儿的,跨院多了一个门就是了,水缸和盆就放在门房的房檐下。我掀开水缸的盖子,一勺勺地往脸盆

里舀水,听见屋里有人和秀贞的妈在说话:

"姑娘这程子可好点儿了吗?"

"唉!别提了,这程子又闹了,年年开了春就得闹些日子,这两天就是哭一阵子笑一阵子的,可怎么好!真是……"

"这路毛病就是春天犯得凶。"

我端了一盆水,连晃连洒,泼了我自己一身水,到了跨院屋里,也就剩不多了。把盆放在椅子上,忽然不知哪儿飘来炒菜香,我闻着这味儿想起了一件事,便对秀贞说:

"我要回家了。"

秀贞没听见,只管在抽屉里翻东西。

我是想起回家吃完饭还要到横胡同去等妞儿,昨天约好了的。

又凉又湿的裤子贴在我的腿上,一进门妈妈就骂了:

"就在井窝子玩一上午?我还以为你掉到井里去了呢?看你弄这么一身水!"妈一边给我换衣服,一边又说,"打听打听北京哪个小学好,也该送进学堂了,听说厂甸那个师大附小还不错。"

妈这么说着,我才看见原来爸爸也已经回来了,我弄了一身水,怕爸爸要打骂我,他厉害得很,我缩头看着爸爸,准备被挨打的姿势,还好他没注意,抽着烟卷儿在看报,漫应着说:

"还早呢,急什么。"

"不送进学堂,她满街跑,我看不住她。"

"不听话就打!"爸的口气好像很凶,但是随后却转过脸来向我笑笑,原来是吓唬我呢!他又说:"英子上学的事,等她叔叔来再对他说,由他去管吧!"

吃完饭我到横胡同去接了妞儿来,天气不冷了,我和妞儿到空闲着的西厢房里玩,那里堆着拆下来的炉子、烟筒、不用的桌椅和床铺。一个破藤箱子里,养了最近买的几只刚孵出来的小油鸡,那柔软的小黄绒毛太好玩了,我和妞儿蹲着玩弄箱里的几只小油鸡。看小鸡啄米吃,总是吃,总是吃,怎么不停啊!

小鸡吃不够,我们可是看够了,盖上藤箱,我们站起来玩别的。拿两个制钱穿在一根细绳子上,手提着,我们玩踢制钱,每一踢,两个制钱打在鞋帮上"嗒嗒"地响。妞儿踢时腰一扭一扭的,显得那么娇。

这一下午玩得好快乐,如果不是妞儿又到了她吊嗓子的时候,我们不知道要玩多么久。

爸爸今天买来了新的笔和墨,还有一叠红描字纸。晚上,在煤油灯底下,他教我描红模字,先念那上面的字:"一去二三里,烟村四五家,亭台六七座,八九十枝花。"

爸爸说:

"你一天要描一张,暑假以后进小学,才考得上。"

早上我去惠安馆找秀贞,下午妞儿到西厢房里来找我,晚上描红模字,我这些日子就这么过的。

小油鸡的黄毛上长出短短的翅膀来了,我和妞儿喂米喂水又喂菜,宋妈说不要把小鸡肚子撑坏了,也怕被野猫给叼了去,就用一块大石头压住藤箱盖子,不许我们随便掀开。

妞儿和我玩的时候,嘴里常常哼哼唧唧的,那天一高兴,她竟扭起来了,她扭呀扭呀比来比去,嘴里唱着:"……开哀开门嗯嗯儿,碰见张秀才哀哀……"

"你唱什么?这就是吊嗓子吗?"我问。

"我唱的是打花鼓。"妞儿说。

她的兴致很好,只管轻轻地唱下去,扭下去,我在一旁看傻了。她忽然对我说:"来!跟我学,我教你。"

"我也会唱一种歌。"不知怎么,我想我也应当露一露我的本事,一下子想起了爸爸有一回和客人谈天时唱的一首歌,后来爸曾教会了我,妈还说爸爸教我这种歌真是没大没小呢!

"那你唱,那你唱。"妞儿推着我,我却又不好意思唱了,她一定要我唱,我只好结结巴巴地用客家话念唱起来:

"你听着——想来么事想心肝,紧想心肝紧不安!我想心肝心肝想,正是心肝想心肝……"

我还没数完呢,妞儿已经笑得挤出了眼泪,我也笑起来了,那几句词儿可真是拗嘴。

"谁教你的?什么心肝想心肝,心想心肝想的,哈哈哈!你唱的这是哪国的歌儿呀!"

我们俩搂在一起笑,一边瞎说着心肝心肝的,也闹不清是什么意思。

我们真快乐,胡说胡唱胡玩,西厢房是我们的快乐窝,我连做梦都想着它。

妞儿每次也是玩得够不够的才看看窗外,忽然叫道:"可得回去了!"说完她就跑,急得连"再见"都来不及说。

忽然一连几天,横胡同里接不到妞儿了,我是多么地失望,站在那里等了又等。我慢慢走向井窝子去,希望碰见她,可是没有用。下午的井窝子没那么热闹了,因为送水的车子都是上午来,这时只有附近人家自己推了装着铅桶的小车子来买井水。

我看见长班老王也推了小车子来,他一趟一趟来好几趟了,见我一直站在那里,奇怪地问我:

"小英子,你在这儿发什么傻?"

我没有说什么,我自己心里的事,自己知道。我说:

"秀贞呢?"我想如果等不到妞儿,就去找秀贞,跨院里收拾得好干净了。但是老王没理我,他装满了两桶水,就推走了。

我正在犹豫着怎么办的时候,忽然从西草厂口上,转过来一个熟悉的影子,那正是妞儿,我多高兴!我跑着迎上去,喊她:"妞儿!妞儿!"她竟不理我,就像不认识我,也像没听见有人叫她。我很奇怪,跟在她身边走,但她用手轻轻赶开我,皱着眉头眨眼,意思叫我走开。我不知道是怎么回事,但见她身后几步远有一个高大的男人,穿着蓝布大褂,手提着一个脏了的长布口袋,口袋上露出来我看见是一把胡琴。

我想这一定是妞儿的爸爸。妞儿常说"我怕我爹打"、"我怕我爹骂"的话,我现在看那样子就知道,我不跟妞儿再说话了,就转身走回家,心里好难受。我口袋里有一块滑石,可以在砖上写出白字来,我掏出来,就不由得顺着人家的墙上一直画下去,画到我家的墙上。心里想着如果没有妞儿一起玩,是多么没有意思呢!

我刚要叫门,忽然听见横胡同里咚咚咚的跑步声,原来是妞儿气喘着跑来了,她匆匆忙忙神色不安地说:"我明儿再来找你。"没等我回答,她就又跑回横胡同了。

第二天早晨,妞儿来找我,我们在西厢房里,蹲下来看小油鸡。掀开藤箱盖子,我们俩都把手伸进去摸小油鸡的羽毛,这样摸着摸着,谁也没说话。我本来是要说话的,但是没有出声,只是心里在问她:"妞儿,为什么好多天没来找我?""妞儿,是你爸爸很厉害不许你来吗?""妞儿,昨天为什么不许我跟你说话?""妞儿,你一定有什么难受的事吧?"真奇怪,这些话都是我心里想的,并没有说出口,可是她怎么知道的,竟用眼泪来回答我?她不说话,也不用袖子去抹眼,就让眼泪滴答滴答落在藤箱里,都被小油鸡和着小米吃下去了!

我不知怎么办好了,从侧面正看见她的耳朵,耳垂上扎了洞用一根红线穿过去,妞儿的耳朵没有洗干净,边沿上有一道黑泥。我再顺着她的肩膀向下看,手腕上有一条青色的伤痕,我伸手去撩起她的袖口看,她这才惊醒了,吓得一躲闪,随着就转过头来向我难过地笑笑。早晨的太阳,正照到西厢房里,照到她的不太干净的脸上,又湿又长的睫毛,一闪动,眼泪就流过泪坑淌到嘴边了。

忽然,她站起来,撩开袖口,撩起裤角,轻轻地说:

"看我爸爸打的!"

我是蹲着的,伸出手正好摸到她腿上那一条条肿起的伤痕。我轻轻地摸,倒惹得她哭出声音来了。她因为不敢放声,嘤嘤地小声哭,真是可怜。我说:

"你爸爸干吗打你?"

她当时说不出话来,哭了好一会儿才说:

"他不许我出来玩。"

"是因为在我家待太久了?"

妞儿点点头。

因为在我家玩久了,害得她挨打,我又难过,又害怕,想到那个高大的男人,我不由得说:

"那么你快回去吧!"她站着不动,说:

"他一早出去还没回来。"

"那么你妈呢?"

"我妈也拧我,她倒不管我出来的事。爸爸也打她。打了她,她就拧我,说是我害的。"

妞儿哭了一阵子好些了,又跟我说这说那的,我说我从来没有看过她的妈妈,妞儿说她的妈妈有点跛,一天到晚就是坐在炕头上给人缝补衣服赚钱。

我告诉妞儿,我们从前不住在北京,是从一个很远的岛上来的。她也说:

"我们从前也不住在这儿,我们住在齐化门那边。"

"齐化门?"我点点头说,"我知道那地方。"

"你怎么会知道齐化门呢?"妞儿奇怪地问我。

我想不出我是怎么知道的,但我的确知道,好像有什么人大清早曾带我去过那里,而且我也像看见了那里的样子似的,不,不,不是,我所看见的很模糊,也许那是一个梦吧?因此我就回答妞儿说:

"我梦见过那个地方,有没有城墙? 有一天,有一个女人抱着一个包袱,大清早上,偷偷地向城墙走去……"

"你是讲故事吧?"

"也许是故事,"我斜着头又深深地想了想,"反正我知道齐化门就是了。"

妞儿笑了笑,手伸过来搂着我的脖子,我的手也伸过去搂住她。但是我捏住她的肩头,她轻喊了一声:"疼!疼!"

我的手连忙松开,她又皱着眉说:"连这儿都给我抽肿了!"

"什么抽的?"

"掸子。"停了一下她又说,"我爸,还有我妈,他们——"但她顿住不说下去了。

"他们怎么样?"

"不说了,下回再跟你说。"

"我知道,你爸爸教你唱戏,要你赚钱给他们花。"这是我听宋妈跟妈妈讲过的,所以一下子就给说出来了。"要你赚钱还打你,凭什么!"我说到后来气愤起来了。

"嚛嚛,你瞧你什么都知道,我不是要跟你说唱戏的事,你哪儿知道我要跟你说什么呀!"

"到底要说什么呢?说嘛!"

"你这么猴急,我就不说了。你要是跟我好,我有好多话要跟你说,就是不许你跟别人说,也别告诉你妈。"

"我不会,我们小声地说。"

妞儿犹豫了一会儿,伏在我的耳旁小声而急快地说:

"我不是我妈生的,我爸爸也不是亲的。"

她说得那样快,好像一个闪电过去那么快,跟着就像一声雷打进了我的心,使我的心跳了一大跳。她说完后,把附在我耳旁的手挪开,睁着大眼睛看我,她像在等着看我听了她的话,会怎么个样子。我呢,也只是和她对瞪着眼,一句话也说不出来。

我虽然答应妞儿不讲出她的秘密,可是妞儿走了以后,我心里一直在想着这件事,我越想越不放心,忽然跑到妈妈面前,愣愣地问:

"妈,我是不是你生的?"

"什么?"妈奇怪地看了我一眼,"怎么想起问这话?"

"你说是不是就好了。"

"是呀,怎么会不是呢?"停一下妈又说,"要不是亲生的,我能这么疼你吗？像你这样闹，早打扁了你了。"

我点点头，妈妈的话的确很对，想想妞儿吧！"那么你怎么生的我？"这件事，我早就想问的。

"怎么生的呀，嗯——"妈想了想笑了，胳膊抬起来，指着胳肢窝说：

"从这里掉出来的。"

说完，她就和宋妈大笑起来。

三

我手里拿着一个空瓶子和一双竹筷子，轻轻走进惠安馆，推开跨院的门，院里那棵槐树，果然又垂着许多绿虫子，秀贞说是吊死鬼，像秀贞的那几条蚕一样，嘴里吐着一条丝，从树上吊下来。我把吊死鬼一条条弄进我的空瓶里，回家去喂鸡吃，每天都可以弄一瓶。那些吊死鬼装在小瓶里，咕噜咕噜地动，真是肉麻，我拿着装了吊死鬼的瓶子，胳膊常常觉得麻麻的痒，好像吊死鬼从瓶里爬到我的胳膊上了，其实没有。

我在把一条吊死鬼往瓶里装的时候，忽然想到了妞儿，心里很不安。她昨天又挨揍了，拿了两件衣服偷偷地来找我，进门就说：

"我要找我亲爹亲妈去！"她的脸有一边被打得红肿了。

"他们在哪儿呢？"

"我不知道,到齐化门,再慢慢地找。"

"齐化门在哪儿呢?"

"你不是说你也知道那地方吗?"

"我是说我好像做梦梦见过那地方的。"

妞儿把两件衣服塞在西厢房的空箱子里,很有主意地抹干了眼泪,恨恨地说:

"我非找着我亲爹不可。"

"你知道他长什么样子吗?"我真佩服她,但觉得这是一件太大太大的事。

"我一天一天地找,就会找到我亲爹跟我亲娘。他们的样子我心里知道。"

"那么——"我也不知道要说什么,因为我一点主意也没有。

妞儿临走的时候说,她不定哪天就要偷偷地走,但是一定会先来这里跟我说一声,并且带走存在这里的两件衣服。

我昨天一直在想妞儿的事,心里很不舒服,晚上就吃不下饭了,妈妈摸摸我的头说:

"好像有点热,不吃也好,早点去睡。"

我上了床,心里还是不舒服,又说不出,就哭起来了。妈妈很奇怪,她说:

"哭什么? 哪儿不舒服?"我不知怎么一来竟哭着说:

"妞儿她爸爸啊……"

"妞儿她爸爸？怎么啦？她爸爸怎么着你啦？"宋妈也过来了，她说：

"那个不是东西的，准是骂了我们英子了，还是打了你啦？"

"不是！"我忽然觉出我是说了什么糊涂话，便撒赖地哭喊着说："我要找我爸爸！"

"是要找你爸爸呀！唉！吓人！"宋妈和妈妈都笑了。妈妈说：

"你爸爸今天去看你叔叔，回来得晚点儿，你先睡吧！"她又对宋妈说，"英子一生下来，她爸爸就给惯的，一不舒服，爸爸就抱着睡。"

"羞不羞？"宋妈用一个手指划我的脸，我不理她，转过脸去冲着墙闭上眼睛。

今天我早晨起来就好得多了，不像昨天那样不安心。但是现在又想起妞儿，手里不由得停止了捉虫子的工作，呆呆地想，不知道什么时候，妞儿就会离开我。

我把瓶子扔在树下，站起来走到窗下向里看。秀贞正在里屋床前的一个机凳上坐着，面向着床，我只看到她那小平板儿似的背影，辫子也没梳好。她比手画脚，又扬手轰苍蝇，其实哪儿有苍蝇？我轻轻地走进屋里，在外屋桌旁靠着，傻看她在干什么，只听她说：

"我准知道你昨儿晚上没吃饭就睡觉了，是不是？那怎么行！"

咦！真奇怪，秀贞怎么知道我昨晚没吃饭就睡觉了呢？我倚着里屋的门框说：

"谁告诉你的!"

"啊?"她回过头来看见我愁眉不展的样子,很正经地对我说:

"还用人告诉我吗?这碗粥一动也没动呀!"说完指着床旁茶几上的一个碗和一双筷子。

我这才知道秀贞说的不是我。自从天气暖和了,打开一向深闭的跨院门以后,秀贞就一天到晚在这两间屋里出出进进,说着那种我又懂、又不懂的话。最先我以为是秀贞跟我玩"过家家儿",后来才又觉得不是假装的事情,它太像真事了!

秀贞又向着那空床发呆看了一会儿,转过头来,轻手轻脚地拉着我走到屋外,小声地说:

"睡着了,让他睡去吧!这一场病也真亏他,没亲没故的!"

外屋书桌上摆着那缸春天买的金鱼,已经死了几条,可是秀贞还是天天勤着换水,玻璃缸里还加了几根水草,红色的鱼在绿色的水草中钻来钻去,非常好玩。我怎么知道鱼是红的草是绿的呢?妈妈教过我,她说快考小学了,老师要问颜色,要问住在那儿,要问家里有几个人。秀贞还养了一盒蚕,她对我说过:

"你要上学,我们小桂子也该上学了,我养点蚕,吐了丝,好给小桂子装墨盒用。"

有几条蚕已经在吐丝了,秀贞另外把它们放在一个蒙了纸的茶杯上,就让它们在那纸上吐丝。真有趣,那些蚕很乖,就不会爬到茶杯下面来。另外的许多蚕还在吃桑叶。

秀贞在打扫蚕屎,她把一粒粒的蚕屎装进一个铁罐里,她已经留了许多,预备装成一个小枕头,给思康三叔用。因为他每天看书眼睛得保养,蚕屎是明目的。

我在旁边静静地看着鱼缸,看着吐丝,院子里的树,正靠在窗下,这屋里阴凉得很,我们俩都不敢大声说话,就像真的屋里躺着一个要休息的病人。

秀贞忽然问我:

"英子,我跟你说的事记住没有?"

我一时想不起是什么事,因为她对我说过的事,真真假假的太多了。她说将来要我跟小桂子一块儿去上学,小桂子也要考厂甸小学。她又告诉我从厂甸小学回家,顺着琉璃厂直到厂西门,看见鹿犄角胡同雷万春的玻璃窗里那对大鹿犄角,一拐进椿树胡同就到家了。可是她又说过,她要带小桂子去找思康三叔,做了许多衣服和鞋子,行李都打点好了。

我最记得秀贞说过的话,那是她讲的生小桂子的那回事。有一天,我早早溜到这里找秀贞,她看见我连辫子都没梳,就端出梳头匣子来,从里面拿出牛角梳子、骨头针和大红头绳,然后把我的头发散开来,慢慢地梳。她是坐在椅子上的,我就坐在小板凳上,夹在她的两腿中间,我的两只胳膊正好架在她的两腿上,两只手摸着她的两膝盖,两块骨头都成了尖石头,她瘦极了。我背着她,她问我:

"英子,你几月生的?"

"我呀？青草长起来，绿叶发出来，妈妈说，我生在那个不冷不热的春天。小桂子呢？"秀贞总把我的事情和小桂子的事情连在一起，所以我也就一下子想起小桂子。

"小桂子呀，"秀贞说，"青草要黄了，绿叶快掉了，她是生在那不冷不热的秋天。那个时光，桂花倒是香的，闻见没有？就像我给你搽的这个桂花油这么香。"她说着，把手掌送到我的鼻前晃一晃。

"小——桂——子。"我吸了吸鼻子，闻着那油味，不由得一字一字地念出来，我好像懂得点那意思。

秀贞很高兴地说：

"对了，小桂子，就是这么起的名儿。"

"我怎么没看见桂花树？这里哪棵树是桂花？"我问。

"又不是在这屋子里生的！"秀贞已经在编我的辫子了，辫得那么紧，拉得我的头发根怪痛的，我说：

"为什么用这么大的力气呀！"

"我当时要是有这么大力气倒好了。我生了小桂子，浑身都没劲儿，就昏昏沉沉地睡，睡醒了，小桂子不在我身边了。我睡觉时还听见她哭，怎么醒了就没有了呢？我问，孩子呢？我妈要说什么，我婶儿接过去了，她瞥了我妈一眼，跟我和和气气地说：'你的身子微，孩子哭，在你身边吵，我抱到我屋去了。'我说，噢。就又睡着了。"秀贞说到这儿停住了，我的辫子已经扎好，她又接着说：

"仿佛我听我妈对我婶说：不能让她知道。真让人纳闷儿，到底是怎么档子事儿？我怎么到这儿就接不下去了呢？是她们把孩子给——？还是扔——绝不能够！绝不能够！"

我已经站起来，脸冲着秀贞看，她皱着眉头，正呆呆地想。她说话常常会忽然停住了，然后就低声地说"真是让人纳闷儿，到底是怎么档子事儿"的话。她收梳头匣子的时候，我看见我送给小桂子的手表在匣子里，她拿起手表，放在掌心里，又说：

"小桂子她爹也有个大怀表，可是死了当了，当了那个表，他才回的家，这份穷，就别提了！我当时就没告诉他我有了，反正他去个把月就回来。他跟我妈说，放心，他回家卖了山底下的白薯地，就到北京来娶我。千山万水，走一趟也不容易，我要是告诉他我有了，不也让他惦记着！你不知道他那情意多深！我也没告诉我妈我有了，说不出口，反正人归了他了，等嫁了再说也不迟……"

"有了什么？"我不明白。

"有了小桂子呀！"

"你不是刚说什么没有了吗？"我更不明白了。

"有了，没了，有了，没了，小英子，你怎么跟我乱扰？你听我给你算。"她把我给小桂子的表收起来，然后用手指捏着算给我听：

"他是春天走的。他走的那天，天儿多好，他提着那口箱子，都没敢多看我，他的同乡同学，有几个送他到门口儿的，所以他就没好再跟我说什么。在头天晚上我给他收拾箱子的时候，我们俩也说得差不多了。他说，惠安的日子很苦，有办法的都到海外谋生去了，那儿的地不肥,不能种什么,白薯倒是种了不少。他们家,常年吃白薯,白薯饭、白薯粥、白薯干、白薯条、白薯片,能叫外头去的人吃出眼泪来。所以,他就舍不得让我这个北边人去吃那个苦头儿。我说可不是,我妈就生我一个独女,跟你去吃白薯,她怎么舍得!他说,你是个孝女,我也是个孝子,万一我母亲扣住了我,不许我再到北京来了呢?我说,那我就追你去。"

"送他到门口,看他上了洋车,抬头看看天,一块白云彩,像条船,慢慢儿地往天边儿挪动,我仿佛上了船,心是飘的,就跟没了主儿似的。"

"我送他出去,回到屋里来,恶心要吐,头也昏,有点儿后悔没告诉他这件事,想追出去,也来不及了。"

"日子一天天地挨,他就始终没回来,我肚子大了,瞒不住我妈,她急得盘问我,让我说不出道不出的,可是我也顾不得害臊了,就告诉了我妈。我说,他总有一天回来,他不回来,我去!我妈听了拿手堵住我的嘴,直说:'姑娘,可别这么说了,这份丢人呀!他真要是不回来,咱们可不能嚷嚷出去。'就这样,把我送回了海甸。"

"小桂子生下来,真不容易,我一点劲儿都没有,就闻着窗户外头那棵桂花树吹进来的一阵阵香气,我心说,生个女的就叫小桂子。接生的老娘婆叫我咬住了辫子,使劲,使劲,总算落了地,呱呱呱,哭声好大呀!"

秀贞说到这儿,喘了一大口气,她的脸色变青了,故事接不下去,

就随便说了,她说:

"小英子,你不心疼你三婶吗?"

"谁是三婶?"

"我呀!你管思康叫三叔,我就是你三婶,你还算不过这账来。叫我一声。"

"嗯——"我笑了,有些难为情,但还是叫了她,"三婶。秀贞。"

"你要是看见小桂子就带她回来。"

"我怎么知道小桂子什么样儿?"

"她呀,"秀贞闭上眼睛想着说,"粉嘟嘟的一个小肉团子,生下来我看了一眼,我睡昏过去那阵儿,听我妈跟老娘婆说,瞧!这真是造孽,脖子后头正中间儿一块青记,不该来,非要来,让阎王爷一生气用手指头给戳到世上来的!小英子,脖子后头中间有指头大一块青记,那就是我们小桂子,记住没有?"

"记住了。"我糊里糊涂地回答。

那么,她现在问我说的事记住没有,就是这件事吗?我回答她说:"记住了,不是小桂子那块青记的事吗?"

秀贞点点头。

秀贞把桌上的蚕盒收拾好,又对我说:

"趁着他睡觉,咱们染指甲吧。"她拉我到院子里。墙根底下有几盆花,秀贞指给我看,"这是薄荷叶,这是指甲叶。"她摘下来几朵指甲草上的红花,放在一个小瓷碟里,我们就到房口儿台阶上坐下来。她用一块冰糖轻轻地捣那红花。我问她：

"这是要吃的吗？还加冰糖？"

秀贞笑得呵呵的，说：

"傻丫头，你就知道吃。这是白矾，哪儿来的冰糖呀！你就看着吧。"

她把红花朵捣烂了，要我伸出手来，又从头上拿下一根夹子，挑起那烂玩意儿，堆在我的指甲上，一个个堆了后，叫我张着手不要碰掉，她说等它们干了，我的手指甲就变红了，像她的一样，她伸出手来给我看。

我的手，张开了一会儿，已经不耐烦了，我说：

"我要回家去了。"

"你回家非弄坏了不可，别走，听我给你讲故事儿。"她说。

"我要听三叔的故事儿。"

"小声点儿，"她向我摆手，轻轻地说，"让我先看看他醒过来没有，他要不要喝水。"她进去了一下，又出来了，坐下后，手支撑在大腿上托着下巴颏儿，忽然向着槐树发起呆来。

"说呀！你。"我说。

她惊了一下，"嗯？"好像没听见我的问话，但跟着眼泪掉下来了，"还说呢，人都没影儿了，都没影儿了！老的！小的！"

我一声不响，她自己抽抽噎噎地哭了一会儿，才又大喘了一口气，望着我笑了，那泪坑！我就觉得在什么地方看见过秀贞这个人，这个脸。

秀贞用手指抹抹泪，拉过我的手托在她的手上，这样，我就轻松点，不觉得张开染指甲的手很累了。她又侧起身子看着跨院门，好像在张望什么人。她自言自语地说：

"就是这时节他来的，一卷铺盖，一口皮箱，搬进了这小屋里。他身穿一件灰大褂，大襟上别着一支笔。我正在屋里没打扫完呢！爹领他进来的，对他说：'会馆里正院房子都住满了，陈家二老爷让给您腾出这两间小屋来。'他说：'好，好，这样就很好。'爹给他打开行李，把那床又薄又旧的棉被摊开，我心想，他怎么过这北京的大冷天？小英子，住在会馆念书的学生，有几个有钱的？有钱的就住公寓去了。我爹常说，想当年，陈家二老爷上京来考举，还带着个小碎催伺候笔墨呢。二老爷中了举，在北京做官，就把这间会馆大翻修了一回，到如今，穷学生上京来念书，都是找着二老爷说话。二老爷说，思康是他们乡里的苦学生，能念出书来，要我们把堆煤的这两间小屋收拾了给他住。"

"我还在赶着擦玻璃呢，没正眼看他。我爹对他说，这床被呀！过不了冬。爹真爱管人家的事，他准是不好意思了，就乱嗯嗯啊啊地没说出什么来。爹又问他在哪家学堂，他说在北京大学，嚄！我爹又说了，这趟不近，沙滩儿去了！可是个好学堂呀！"

"爹帮着他收拾好了那几件破行李，就出去了，临走看见我还在擦玻璃，他说，行啦，姑娘。我跟出来了，回头看了他一眼，谁知道他也正抬眼看我呢！我心里一跳,迈门坎儿差点摔出去！看他那模样儿,两只眼儿到底有多深！你还没看清楚他,他就把你看穿了。回到屋里来,我吃饭睡觉,眼前都摆着他的两只那么看人的眼睛。这就是缘分,会馆一年到头,来来往往的大学生多得是,怎么我就——我就……咳！"

秀贞的脸微微红涨,抬起我的手,看我染的指甲干了没有,她轻轻地吹着我的指甲,眼皮垂下来,睫毛像一排小帘子,她问我:

"小英子,你明白了吗？缘分。"她并不一定要我回答她,我也没打算回答她,只是心里想着,这样的长睫毛,有一个人也有的,我想到西厢房我那位爱哭的朋友了。秀贞又接着唠叨:

"我天天给他送开水去,这件事本该是我爹做的。早晚两趟,我们烧了大壶开水,送到各屋里给先生们洗脸、泡茶。爹走惯了正院,就把跨院给忘了。有时候思康就自己到我们窗根底下来要。'长班。'他就是这么轻轻叫一声,'有滚水吗？'爹这才想起来,赶紧给人家补送去。有时爹倒是没等叫就想起来了,可是他懒得再走,就支使我去。一来二去,这件差事——到跨院送开水,仿佛就该是我做的了。"

"我送水,一句话也没跟他说过,我进了屋,他在书桌前坐着,就着灯看书呢,写字呢,我就绷着脸儿,打开那茶壶盖儿,刷——的,就听见开水灌进壶的声儿。他胆子小着呢,连眼都不敢斜过来,就那么耷拉着眼皮坐着。有一天,我也好新鲜,往前挪了一步,微探着身子看他写什么,谁知他也扭过头来了,说:'认得字吗?'我摇了摇头。打这儿起,我们俩就说话了。"

"那时小桂子在哪儿呢?"我忽然想起这个跟秀贞有关系的人。

"她呀!"秀贞笑了,"还没影儿呢!对了,小桂子到底哪儿去了?你给找着没有?那是我们俩的命根子呀!我还没跟你说完呢,他有一天拉着我的手,就像我这么拉着你的手,说:'跟了我吧!'他喝了点儿酒,我也迷糊了,他喝酒是为的取暖,两间屋子,生一个小火,还时有时无的。那天风挺大,吹得门框直响,我爹跟我娘回海甸取地租去了,让舅妈来陪我,她睡着了,我就溜到这跨院里来。他的脸滚烫,贴着我的脸,他说了好多话,酒气熏着我,我闻也闻醉了。"

"他常爱喝点儿酒,驱驱寒意,我就偷偷地买了半空儿花生,送到他的屋里来,给他下酒喝。北风打着窗户纸,响得吹笛儿似的。我握着他的手,暖乎乎的两个人,就不冷了。"

"他病了,我一趟趟地跑,可瞒不住我妈了。那天我端着粥,要送给他吃,妈说:'避点儿嫌疑,姑娘,懂得不懂得?'我一声也没言语。"

我从秀贞的眼里,仿佛看见了躺在屋里床上的思康三叔了;他蓬着头发,喝水也没力气,吃饭也没力气,就哼哼着。

"后来呢?好了没有?"我不由得问。

"不好怎么走的?我可要倒下了!原来是小桂子来了!"

"在哪儿?"我转回头去看跨院门,并没有人影儿。在我的幻想中,跨院门边,应当站着一个女孩子,红花的衫裤,一条像狗尾巴似的黄毛辫子,大大的眼睛,一排小帘子似的长睫毛,一闪一闪的,在向我招手呢!我头有点昏,好像要倒下来,闭了一下眼睛,再睁开,门那边,果然有个影子,越走越近了,那么大的一个东西,原来——原来是秀贞的妈正向我招手,她说:

"秀贞,怎么让小英子在老爷儿里晒着?"

"刚才这地方没太阳。"秀贞说。

"快挪开,这边儿不是有阴凉儿吗?"秀贞的妈过来拉起我。

那幻影在我眼中消失了,我忽然又想起秀贞还没讲完的故事。我说:

"妞儿,不,小桂子在哪儿呢?你刚说的?"

秀贞噗哧笑了,指着她的肚子:

"在这儿呢,还没生呢!"

秀贞的妈是来这院里晾衣服的。一根绳子从树枝上牵到墙那边,她正一件件地往上晾。

秀贞看了说:

"妈,裤子晾在靠墙边儿去吧,思康出来进去的不合适。"

王妈骂说:

"去你的!"

秀贞被她妈妈骂一句,并不生气,又对我说:

"我妈倒是也疼思康,她跟我爹说,咱们没儿子,你这老东西又没念过书,有个读书识字的人在咱们家也是好事儿。我爹这才答应了。

我刚才说到哪儿啦！噢，他好了，我不是病了吗？他就说都是他害的我，他不是说要娶我教我念书吗？就在这时候，他家里来了电报，他妈病了，叫他赶快回去。……"

"小英子，"王妈忽然截住秀贞的话，对我说，"你怎么那么爱听她那颠三倒四的废话？也真怪，小孩子都怕她，躲着她，就你不。"

"妈，您别搅，我这儿还没说完呢！我还有事托小英子呢！"

王妈不理她，只顾对我说：

"小英子，该回去了，刚才我听见宋妈在胡同里叫你，我不敢说你在这儿。"

王妈说完拿着空盆走了。秀贞看见她妈妈走出了跨院门，才又说："思康这一去，有……"她掰着手指头算，"有一个多月了，有六年多了，不，还有一个多月就回来，不，还有一个月我就生小桂子了。"

不管是六年，还是一个多月，秀贞跟我一样算不清楚。她这时把我的手拿起来看看，就把指甲上的干烂花剔开，哟，我的指甲都是红的了！我高兴极了，直笑直笑，摆弄我的手。

"小英子，"她又低声说，"我有件事托你，看见小桂子就叫她来，一块儿找她爹去，我们要是找到她爹，我病就好了。"

"什么病？"我看着秀贞的脸。

"英子，人家都说我得了疯病，你说我是不是疯子？人家疯子都满地捡东西吃，乱打人，我怎么会是疯子，你看我疯不疯？"

"不。"我摇摇头，真的，我只觉得秀贞那么可爱，那么可怜，她只是要找她的思康跟妞儿——不,跟小桂子。

"他们怎么都走了不回来了呢?"我又问。

"思康准是让他妈给扣住了。小桂子呢,我也纳闷是怎么档子事儿,没在海甸,没在我姊儿屋里。我一问,妈急了,说:'扔啦!留那么一个南蛮子种儿干吗?反正他也不回来了,坑人!'我一听,登时就昏倒了,醒了,他们就说我是疯子。小英子,我千托万托你,看见小桂子就带她来,我什么都预备好了。回去吧。"

我听愣了,脑子里好像有一幅画,慢慢越拉越大,我的头也有点不舒服似的,我一边答应:"好好,好好。"一边跑出跨院,跑出惠安馆,一路踢着小石块,看着我手上的红指甲,回到了家。

四

"看你脸晒得那么红!快来吃饭。"妈妈看见我满头大汗地回来,并没有太责备我。

但是我只想喝水,不想吃饭,我灌了几杯凉开水下去,坐到饭桌边,喘着气,拿起筷子,只是看我自己的指甲玩。

"谁给你染的?"妈问。

"小妖精,小孩子染指甲,做晤得!"爸爸也半生气地说。

"谁给你染的?"妈又问。

"嗯——"我想了一下。"思康三婶。"我不敢,也不肯说秀贞是疯子。

"跑到外面去认什么阿叔阿婶!"妈给我夹了一碟子菜,又对我说,"你叔叔说,还有一个月就要考小学了,你到底会数到什么数了?算算看,不会数就考不上的。"

"一,二,三……十八,十九,二十,二十六,……"我的脑筋实在有些糊涂,只想扔下筷子去床上躺一会儿,但是我不肯这样做,因为他们会说我有病了,不许我出去。

"乱数!"妈瞪了我一眼,"听我给你算,二俗,二俗录一,二俗录二,二俗录三,二俗录素,二俗录五,……"

在旁边伺候盛饭的宋妈首先忍不住笑了,跟着我和爸爸都哈哈大笑起来,我趁机扔下筷子,说:

"妈,你的北京话,我饭都吃不下了,二十,不是二俗;二十一,不是二俗录一;二十二,不是二俗录二……"

妈也笑了,说:

"好啦好啦,不要学我了。"

我没有吃饭,爸妈都没注意。大概刚才喝了凉开水,人好些了,我的头已经不晕了。爸妈去睡午觉,我走到院子里,在树下的小板凳上坐着,看那一群被放出来的小油鸡。小油鸡长得很大了,正满地地啄米吃。树上蝉声声"知了知了"地叫,四下很安静。我捡起一根树枝子在地上画,看见一只油鸡在啄虫吃,忽然想起在惠安馆捉的那瓶吊死鬼忘记带回来。

我虽然这样想着，但是竟懒得站起身来，好像要困了，不由得闭上了眼睛，随着俯下身子来，两手抱住头，深深地埋在大腿上。

在这像睡不睡的梦中，我的眼前一片迷乱：在跨院的树下捉蚕，吊死鬼在玻璃瓶里蠕动着，一会儿又变成了秀贞屋里桌上的蚕，仰着头在吐丝，好像秀贞把蚕放在胳膊上爬，一发痒，猛睁开眼抬起头来看，原来是两只苍蝇在我的胳膊上飞绕。我扬扬手轰开苍蝇，又埋头睡下了。这回是一盆凉水，顺着我的脊背浇下来，凉飕飕的，我抱紧了头，不行，又是一盆凉水从脖子上灌下来，又凉又湿，我说冷啊！旁边有人咯咯地笑，我挣扎着站起来，猛下子醒了，睁开眼，闹不清这是什么时候了？因为天好像一下子暗了，记得我坐在这里的时候是有太阳光的呀！站在我面前的是妞儿，她在笑，我还觉得脊背是湿的冷的，用手背向后面去摸，却又不是湿的。但身上还是有些凉意，不禁打了一个哆嗦，随着又打了两个喷嚏，妞儿笑容收敛了，说：

"你怎么了？傻乎乎的，睡觉直说梦话。"

我好像还没醒过来，要站不住，便赶快又坐下来。这时雷声响了，从远处隆隆地响过来。对面的天色也像泼了墨一样的黑上来，浓云跟着大雷，就像一队黑色的恶鬼大踏步从天边压下来。起了微微的风，怪不得我身上觉得凉。我不由得问妞儿说：

"你冷不冷？我怎么这么冷。"

妞儿摇摇头，惊疑地看着我，问：

"你现在的样子真特别，好像吓着了，还是挨打了？"

"没有,没有,"我说,"我爸爸只打我手心,从来不会像你爸爸,打你那么凶。"

"那你是怎么了呢?"她又指指我的脸,"好难看啊!"

"我一定是饿的,中午没吃饭。"

这时候雷声更大了,好大的雨点滴落下来,宋妈到院子里来收衣服,把小鸡赶到西厢房里。我和妞儿也跟着进来。宋妈把小鸡扣好在鸡笼里,就又跑出去,嘴里还说着:

"要下大雨了,妞儿回不去了。"

宋妈出去了以后,可不是雨立刻下大了。我和妞儿倚着屋门看下雨。雨声那样大,噼噼啪啪地打落在砖地上,地上的雨水越来越多了,院子犄角虽然有一个沟眼,但是也挤不下那么多的雨水。院子里的水涨高了,漫过了较低的台阶,水溅到屋门来,溅到我们的裤脚上了,我和妞儿看这凶狠的雨水看呆了,眼睛注视着地上,一句话也不讲。忽然妈妈在北屋的窗内向我说话又扬手,话我听不见,扬手的意思是叫我们不要站在门口被雨溅湿了。我和妞儿便依着妈妈的手势进屋来,关上了门,跑到窗前向玻璃外面看。

"不知道要下多久?"妞儿问。

"你可回不去了。"我说完,连着又打了两个喷嚏。

我望着屋里,想找个地方倒下来,最好有一床被让我卧在里面。屋里虽然有个旧床铺,但是床上堆了箱子和花盆,而且满是灰尘。我受不住了,不由得走向床那边去,靠在箱子上。忽然想起妞儿存在空箱里的两件衣服,打开拿了出来。

妞儿也过来了,她问:

"你要干吗?"

"帮我穿上,我冷了。"我说。

妞儿笑笑说:

"你好娇啊!下一点雨,就又打喷嚏,又要穿衣服的。"

她帮我穿上一件,另一件我裹在腿上。我们坐在一块洗衣板上,挤在墙角,这样我好像舒服一些。但是妞儿却心疼被我裹在腿上的衣服,说:

"我就这两件衣服,别给我拉扯坏了呀!"

"小气鬼,你妈给你做了好多衣服呢!借我一件都舍不得!"也许我的头又发晕,不知怎么,嘴里说妞儿的妈,心里却想到秀贞屋里炕桌上一包小桂子的衣服。

妞儿瞪大了眼,指着她自己的鼻子说:

"我妈?给我做好多衣服?你睡醒了没有?"

"不是,不是,我说错了,"我仰起头,靠在墙上,闭上眼,想了一下才说:

"我是说秀贞。"

"秀贞?"

"我三婶。"

"你三婶,那还差不多,她给你做了好多衣服,多美呀!"

"不是给我做的,是给小桂子做的。"我转过头,对着妞儿的脸看,她的一个脸,被我看成两个脸,两个脸又合成一个脸。是妞儿,还是小桂子,我分不清了,我心里想的,有时不是我嘴里说的,我的心好像管不住我的嘴了。

"干吗这么瞪着我?"妞儿惊奇地把头略微闪躲了我一下。

"我在想一个人,对了,妞儿,讲讲你爸跟你妈的故事吧!"

"他们有什么可讲的!"妞儿撇了一下嘴,"我爸爸在前清有皇上的时候,不用做事一天到晚吃喝玩乐,后来前清没有了,他就穷了,又不会做事,把钱花光了,就靠拉胡琴赚钱,他教我唱戏,恨不得我一下子就唱得跟碧云霞那么好,那么赚钱。嘿!小英子,我现在上天桥唱戏去了,围一圈子人听,唱完了我就捧着个小箩筐跟人要钱,一要钱人都溜了,回来我爸爸就揍我!他说,给钱的都是你爷爷,你得摆个笑脸儿,瞧你这份儿丧!说着他就拿棍子抡我。"

"你说的那个碧云霞也在天桥唱呀?"

"哪儿呀!人家在戏院子里唱,城南游艺园,离天桥也不远,听碧云霞的才都是大爷哪!可是我爸爸常说,在戏园子唱的,有好些是打天桥唱出来的。他就逼着我学,逼着我唱。"

"你不是也很爱唱吗?怎么说是他逼的?"

"我爱随我自己,愿意唱就唱,愿意唱给谁听就唱给谁听,那才有意思。就比如咱们俩在这屋里,我唱给你听。"

是的,我想起刚认识妞儿的那天,油盐店的伙计要她唱,她眼里含着泪的那样子。

"可是你还得唱呀！你不唱赚不了钱怎么办！"

"我呀，哼！"妞儿狠狠地哼了一声，"我还是要找我亲爹亲妈去！"

"那么你怎么原来不跟你亲爹亲妈在一起呢？"这是我始终不明白的一件事。

"谁知道！"妞儿犹豫着，要说不说的样子。外面的雨还是那么大，天像要塌下来，又像天上有一个大海的水都倒到地上来。

"有一天，我睡觉了，听我爸跟我妈吵架。我爸说：'这孩子也够拗的，嗓门儿其实挺好，可是她说不玩就不玩，可有什么办法呢！'我那瘸子妈说：'你越揍她，越不管事儿。'我爸说：'不揍她，我怎么能出这口气！捡来的时候还没冬瓜大，我捧着抱着带回家，而今长得比桌子高了，可是不由人管了。'我妈说：'你当初把她捡回来就错了主意，跟亲生亲养的到底不一样，说老实话，你也没按亲生的那么疼她，她也不能拿你当亲爹那么孝顺。'我爸叹了口气，又说：'一晃儿五六年了！我那天也真邪行，走到齐化门脸儿屎急了。'我妈说：'是呀，你说一大早儿捡点煤核来烧，省得让人看见怪寒碜的，每天你不都是起来先出恭然后才漱口洗脸吗？那天你忙得没上茅房，饶着煤核没捡回来，倒捡了个不知谁家私生的小崽子来。'我爸又说：'我想着找城根底下蹲蹲吧，谁知道就看见个小包袱了呢！我先还以为我要发邪财，打开一看，敢情是她，活玩意儿，小眼还骨碌骨碌直转哪！'我妈妈说：'哼！你而今打算在她身上发财，赶明儿唱得跟碧云霞那么红，可不易。'……"

我又闭上眼睛,仰头靠着墙听妞儿絮絮叨叨地说,我好像听过这故事,是谁讲的呢?还说大清早就把那孩子裹包裹包扔到齐化门城根去?也许我是做梦,我现在常常做梦,宋妈说我白天玩疯了晚饭又吃撑了,才又咬牙又撒癔症的。是吗?我就闭着眼问妞儿:

"妞儿,你跟我说了好几遍这故事啦!"

"胡说,我跟谁也没说过,我今儿头一回跟你说。你有时候糊里糊涂的,还说要上学呢!我瞧你考不上。"

"可是,我真是知道的呀!你生的那时候,正是青草要黄了,绿叶快掉了,那不冷不热的秋天,可是窗户外头倒是飘进来一阵子桂花的香气……"

妞儿推推我,我睁开眼,她奇怪地问:

"你在说什么?是不是又睡着了撒癔症?"

"我刚才说了什么?"我有些忘了,刚才也许是在梦中。

妞儿摸摸我的头,我的胳膊,她说:"你好烫啊!衣服穿多了吧!把我的衣服脱下来吧!"

"哪里热,我心里好冷啊!冷得我直想打哆嗦!"我说着,看自己的两条腿,果然抖起来。

妞儿看看窗外说:

"雨停了,我该回去了。"

她要站起来,我又拉住她,搂住她的脖子说:

"我要看你后脖子上的那块青记,小桂子,你妈说你后脖上有块青记,让我找找……"

妞儿略微地挣开我,说:"你怎么今天总说小桂子小桂子的?你现在这样儿,就像我爸喝醉了说胡话一样!"

"是呀!你爸爸就爱喝口酒,冬天为的驱驱寒意,那天风挺大,你妈给他打了点儿酒又买了半空儿花生……"

我糊里糊涂地说着,拉开妞儿那条狗尾巴小辫儿,可不是,可不是,恍恍惚惚的,我看见在那杂乱的黄头发根里面,中间是有一块指头大的青记。我浑身都抖起来了。

妞儿把她的脸贴在我的脸上,惊奇地说:

"你怎么啦?你的脸好热啊!都红了,是不是病了?"

"没有,我没病。"我这时精神起来了,但是妞儿把我搂在她的怀里,我正好看到妞儿尖尖的下巴。她低下头来,一对大眼睛里,忽然含满了泪。我也好像有什么委屈,实在我是觉得头发重,支持不住了。妞儿这么搂着我,摸抚着我,一种亲爱的感觉,使我流出泪来了。妞儿说:

"英子,好可怜,身上这么烫!"

我也说:

"你也好可怜,你的亲爹,亲妈——啊,妞儿,我带你找你的亲妈去,你们再一块儿去找你亲爹。"

"上哪儿找去?你睡觉吧,我怕你,你别瞎说了。"说着,她又搂紧

我,拍哄我。但是我听了她的话,立刻从她怀里挣扎起来,喊着说:

"我不是瞎说!我是知道你亲妈在哪儿,就在不远。"我又搂着她的脖子在她耳旁小声说,"我一定要带你去,你亲妈说的,教我看见你就带你去,就是,不错,脖子后面有块青记的嘛!"

她又奇怪地望着我,好一会儿才说:

"你的嘴好臭,一定是吃多了上火。可是,真的有这回事儿吗?……你说我亲妈?"

我看着她那惊奇的眼睛,点点头。她的长睫毛是湿的,我一说,她微笑了,眼泪流到泪坑上!我觉得难过,又闭上眼,眼前冒着金星,再睁开眼,她变成秀贞的脸了,我抹去了眼泪再仔细看,还是妞儿的。我这时又管不住我的嘴了,我说:

"妞儿,晚上你吃完饭来找我,咱们在横胡同口见面,我就带你上秀贞那儿去,衣服你也不用带,她给你做了一大包袱,我还送了你一只手表,给你看时候。我也要送秀贞一点东西。"

这时我听见妈在叫我。原来雨停了,天还是阴的,妞儿说:

"你妈叫你呢!咱们先别说了,那就晚上见吧!"说着她就站起身,匆匆地推门出去了。

我很高兴,所以有一股力气站起来了,脱下妞儿的衣服,扔在鸡笼上。我推门出去,院子里一阵凉风吹着我,地上满是水,妈妈叫我顺着廊檐走,可是我已经蹚水过来了。妈妈拉起我的手,刚想骂我吧,忽然她又两手在我手上、身上、头上乱按,惊慌地说:

"怎么浑身这样烧,病了,看是不是?中午从大太阳底下晒回来,脸通红,刚才又淋了雨,现在又蹚水。水,总是要玩水!去躺下吧!"

我也觉得浑身没有力气了,随着妈妈把我拖到小床上。她给我脱了湿的鞋,换了干的衣服,把我安置在床上躺下来,裹在软绵绵的被子里,我的确很舒服,不由得闭上眼睛就睡着了。

醒来的时候,觉得热了,踢开了被子。这时屋里漆黑,隔着布帘子空隙,可以看见外屋已经点了灯。我忽然想起一件要紧的事,大声叫:

"妈,你们是不是在吃饭?"

"这样混,她居然要吃饭呢!"是爸爸的声音。跟着,妈妈进来了,端进来煤油灯放在桌上。我看见她的嘴还动着,嘴唇上有油,是吃了"回肉"吗?

妈妈到床前来,吓唬着我说:"你爸要打你了,玩病了还要吃。"

我急了,说:

"我不是要吃饭,我今天根本一天没吃饭呀!就是问问你们吃饭了没有?我还有事呢!"

"鬼事!"妈妈把我又按着躺下,说,"身上还这么热,不知道你烧到多少度了,吃完饭我去给你买药。"

"我不吃药,你给我药吃,我就跑走,你可别怪我!"

"瞎说!等一会儿宋妈吃完饭,叫她给你煮稀粥。"

妈不理会我的话,她说完就又回外屋去吃饭了。我躺在床上,心里着急,想着和妞儿约好吃完饭在横胡同口见面,不知道她来了没有?细听外面又有淅淅沥沥的雨声,虽然不像白天那样大,可是横胡同里并没有可躲雨的地方,因为整条胡同都是人家的后墙。我急得胸口发痛,揉搓着,咳嗽了,一咳嗽,胸口就像许多针扎着那么痛。

妈妈这时已经吃完饭,她和爸爸进来了。我的手按着嘴唇,是想用力压着别再咳嗽出来,但是手竟在嘴上发抖。我发抖,不是因为怕爸爸,我今天从下午起一直在抖,腿在抖,手在抖,心也抖,牙也抖。妈妈这时看见我发抖的样子,拿起我放在嘴唇上的手,说:

"烧得发抖了,我看还是给你去请趟山本大夫吧!"

"不要!不要那个小日本儿!"

爸爸这时也说:

"明天早晨再说吧,先用冰毛巾给她冰冰头管事的。我现在还要给老家写信,赶着明天早上发出去呢!"

宋妈也进来看我了。她向妈妈出主意说:

"到菜市口西鹤年堂家买点小药,万应锭什么的,吃了睡个觉就好。"

妈妈很听话,她向来就听爸爸的话,也听宋妈的话,所以她说:

"那好嘛,宋妈,我们俩上街去买一趟。英子,乖乖地躺着,吃了药赶快好了好上学。等着,我还顺便到佛照楼带你爱吃的八珍梅回来。"

现在,八珍梅并不能打动我了,我听妈和宋妈撑了伞走了,爸爸也到书房去了,我满心想着和妞儿的约会。她等急了吗?她会失望地回去了吗?

我从被子里爬出来,轻手轻脚地下了地,头很重,又咳嗽了,但是因为太紧张,这回并没有觉到胸口痛。我走到五屉橱的前面站住了,犹豫了一会儿,终于大胆地拉开了妈妈放衣服的那个抽屉,在最里面,最下面,是妈妈的首饰匣。妈妈开首饰箱只挑爸爸不在家的时候,她并不瞒我和宋妈的。

首饰匣果然在衣服底下压着,我拿了出来打开,妈妈新打的那只金镯在里面!我心有点儿跳,要拿的时候,不免向窗外看了一眼,玻璃窗外黑漆漆的,没有人张望,但是可以照到我自己的影子。我看见我怎样拿出金镯子,又怎样把首饰匣放回衣服底下,推合了抽屉,我的手是抖的。我要给秀贞她们做盘缠,妈妈说,二两金子值好多好多钱,可以到天津,到上海,到日本玩一趟,那么不是更可以够秀贞和妞儿到惠安去找思康三叔吗?这么一想,我觉得很有理,便很放心地把金镯子套在我的胳膊上面了。

我再转过头,忽然看玻璃窗上,我的影子清楚了,不!吓了我一跳,原来是妞儿!她在向我招手,我赶快跑了出去,妞儿头发湿了,手上也有水,她小声地对我说:

"我怕你真在横胡同等我,我吃完饭就偷偷跑出来了。我等了你一会儿,想着你不来了,我刚要回去,听见你妈跟宋妈过去了,好像说给谁买药去,我不放心你,来看看,你们家的大门倒是没闩上,我就进来了。"

"那咱们就去吧!"

"上哪儿去?就是你白天说的什么秀贞呀?"

我笑着向她点了头。

"瞧你笑得怕人劲儿!你病糊涂了吧!"

"哪里!"我挺起胸脯来,立刻咳嗽了,赶快又弯下身子来才好些,我把手搭在她的肩上说,"你一去就知道了,她多惦记你啊!比着我的身子给你做了好些衣服。对了,妞儿,你心里想着你亲妈是什么样儿?"

"她呀,我心里常常想,她要是真的思念我,也得像我这么瘦,脸是白白净净的,……"

"是的,是的,你说得一点儿都没错儿。"我俩一边说着,一边向门外走去,门洞黑乎乎的,我摸着开了门,有一阵风夹着雨吹进来,吹开了我的短褂子,肚皮上又凉又湿,我仍是对她说:

"你妈妈她薄薄的嘴唇,一笑,眼底下就有两个泪坑,一哭,那眼睛毛又湿又长,她说,小英子,我千托万托你……"

"嗯。"

"她说,小桂子可是我们俩的命根子呀……"

"嗯。"

"她第一天见着我,就跟我说,见着小桂子,就叫她回来。饭不吃,衣服也不穿,就往外跑,急着找她爹去……"

"嗯。"

"她说,叫她回来,我们娘儿俩一块儿去,就说我不骂她……"

"嗯。"

我们俩已经走到惠安馆门口了,妞儿听我说,一边"嗯,嗯"地答着,一边她就抽答着哭了,我搂着她,又说:

"她就是……"我想说疯子,停住了,因为我早就不称呼她是疯子了,我转了话口说,"人家都说她想你想疯啦!妞儿,你别哭,我们进去。"

妞儿这时好像什么都不顾了,都要我给她出主意,她只是一边走,一边靠在我的肩头哭,她并没有注意这是什么地方。

上了惠安馆的台阶,我轻轻地一推,那大门就开了,秀贞说,惠安馆的大门,前半夜都不闩上,因为有的学生回来得很晚。一扇门用杠子顶住,那一半就虚关着。我轻声对妞儿说:

"别出声。"

我们轻轻地,轻轻地走进去,经过门房的窗下,碰到了房檐下的水缸盖子,有了响,里面是秀贞的妈问:

"谁呀?"

"我,小英子!"

"这孩子!黑了还要找秀贞,在跨院里呢!可别玩太晚了,听见没有?"

"嗯。"我答应着,搂着妞儿向跨院走去。

我从来没有黑天以后来这里，推开跨院的门，吱扭的一声响，像用一根针划过我的心，怎么那么不舒服！雨地里，我和妞儿迈步，我的脚碰到一个东西，低头看是我早晨捉的那瓶吊死鬼，我拾起来，走到门边的时候，顺手把它放在窗台上。

里屋点着灯，但不亮。我开开门，和妞儿进去，就站在通里屋的门边。我拉着妞儿的手，她的手也直抖。

秀贞没理会我们进来，她又在床前整理那口箱子，背向着我们，她头也没回地说：

"妈，您不用催我，我就回屋睡去，我得先把思康的衣服收拾好呀！"

秀贞以为进来的是她的妈妈，我听了也没答话，我不知道怎么办好了，我想说话，但抽了口气，话竟说不出口，只愣愣地看着秀贞的后背，辫子甩到前面去了，她常常喜欢这样，说是思康三叔喜欢她这样打扮，喜欢她用手指绕着辫梢玩的样子，也喜欢她用嘴咬辫梢想心思的样子。

大概因为没有听见我的答话吧？秀贞猛地回转身来"哟"的喊了一声，"是你，英子，这一身水！"她跑过来，妞儿一下子躲到我身后去了。

秀贞蹲下来，看见我身后的影子，她瞪大了眼睛，慢慢地，慢慢地，侧着头向我身后看，我的脖子后面吹过来一口一口的热气，是妞儿紧挨在我背后的缘故，她的热气一口比一口急，终于"哇"的一声哭出来，秀贞这时也哑着嗓子喊叫了一声：

"小桂子！是我苦命的小桂子！"

秀贞把妞儿从我身后拉过去，搂起她，一下就坐在地下，搂着，亲着，摸着妞儿。妞儿傻了，哭着回头看我，我退后两步倚着门框，想要倒下去。

过了好一会儿，秀贞才松开妞儿，又急急地站起来，拉着妞儿到床前去，急急地说：

"这一身湿！换衣服，咱们连夜地赶，准赶得上，听！"是静静的雨夜里传过来一声火车的汽笛声，尖得怕人。秀贞仰头听着想了一下又接着说，"八点五十有一趟车上天津，咱们再赶天津的大轮船，快快快！"

秀贞从床上拿出包袱，打开来，里面全是妞儿，不，小桂子，不，妞儿的衣服。秀贞一件一件给妞儿穿上了好多件。秀贞做事那样快，那样急，我还是第一回看见。她又忙忙叨叨地从梳头匣子里取出了我送给小桂子的手表，上了上弦给妞儿戴上。妞儿随秀贞摆弄，但眼直望着秀贞的脸，一声也不响，好像变呆了。我的身子朝后一靠，胳膊碰着墙，才想起那只金镯子。我撩起袖子，从胳膊上把金镯子退下来，走到床前递给秀贞说：

"给你做盘缠。"秀贞毫不客气地接过去，立刻套在她的手腕上，也没说声谢谢，妈妈说人家给东西都要说谢谢。

秀贞忙了好一阵子，乱七八糟的东西塞了一箱子，然后提起箱子,拉着妞儿的手,忽然又放下来,对妞儿说:"你还没叫我呢,叫我一声妈。"秀贞蹲下来,搂着妞儿,又扳过妞儿的头,撩开妞儿的小辫子看她的脖子后头,笑着说,"可不是我那小桂子,叫呀!叫妈呀!"

妞儿从进来还没说过一句话,她这时被秀贞搂着,问着,竟也伸出了两只手,绕着秀贞的脖子,把脸贴在秀贞的脸上,轻轻地难为情地叫:

"妈!"

我看见她们两个人的脸,变成一个脸,又分成两个脸,觉得眼花,立刻闭住眼扶住床栏,才站住了。我的脑筋糊涂了一会儿,没听见她们俩又说了什么,睁开眼,秀贞已经提起箱子了,她拉起妞儿的手,说:"走吧!"妞儿还有点认生,她总是看着我的行动,伸出手来要我,我便和她也拉了手。

我们轻手轻脚地走出去,外面的雨小些了,我最后一个出来,顺手又把窗台上的那瓶吊死鬼拿在手里。

出了跨院门,顺着门房的廊檐下走,这么轻,脚底下也还是噗吱噗吱的有些声音。屋里秀贞的妈妈又说话了:

"是英子吗?还是回家去吧!赶明再来玩。"

"嗳。"我答应了。

走出惠安馆的大门,街上漆黑一片,秀贞虽然提着箱子拉着妞儿,但是她们竟走得那样快,秀贞还直说:

"快走,快走,赶不上火车了。"

出了椿树胡同口,我追不上她们了,手扶着墙,轻轻地喊:

"秀贞!秀贞!妞儿!妞儿!"

远远的有一辆洋车过来了,车旁暗黄的小灯照着秀贞和妞儿的影子,她俩不顾我还在往前跑。秀贞听见我喊,回过头来说:"英子,回家吧,我们到了就给你来信,回家吧!回家吧……"

声音越细越小越远了,洋车过去,那一大一小的影儿又蒙在黑夜里。我趴着墙,支持着不让自己倒下去,雨水从人家的房檐直落到我头上、脸上、身上,我还哑着嗓子喊:

"妞儿!妞儿!"

我又冷,又怕,又舍不得,我哭了。

这时洋车从我的身旁过去,我听见车篷里有人在喊:

"英子,是咱们的英子,英子……"

啊!是妈妈的声音!我哭喊着:

"妈啊!妈啊!"

我一点力气没有了,我倒下去,倒下去,就什么都不知道了。

五

远远的,远远的,我听见一群家雀儿在叫,吱吱喳喳、吱吱喳喳。那声音越来越近了……不是家雀儿,是一个人,那声音就在我耳边。她说:

"……太太,您别着急了,自己的身子骨也要紧,大夫不是说了准保能醒过来吗?"

"可是她昏昏迷迷的有十天了!我怎么不着急!"

我听出来了,这是宋妈和妈妈在说话。我想叫妈妈,但是嘴张不开,眼睛也睁不开,我的手,我的脚,我的身子,在什么地方哪!我怎么一动也不能动,也看不见自己一点点?

"这在俺们乡下,就叫中了邪气了。我刚又去前门关帝庙给烧了股香,您瞧,这包香灰,我带回来了,回头给她灌下去,好了您再上关帝庙给烧香还个愿去。"

妈妈还在哭,宋妈又说:

"可也真是怪事,她怎么一拐能拐了俩孩子走?咱们要是晚回来一步,英子就追上去了,唉!越想越怕人,乖乖巧巧的妞儿!唉!那火车,俩人一块儿,唉!我就说妞儿长得俊倒是俊,就是有点薄相……"

"别说了,宋妈,我听一回,心惊一回。妞儿的衣服呢?"

"鸡笼子上扔的那两件吗?我给烧了。"

"在哪儿烧的?"

"我就在铁道旁边烧的。唉!挺俊的小姑娘!唉!"

"唉!"

两个人唉声叹气的,停了一会儿没说话。

等再听见茶匙搅着茶杯在响,宋妈又说话了:

"这就灌吧?"

"停一会儿,现在睡得挺好,等她翻身动弹时再说。家里都收拾好了?"妈问。

"收拾好了,新房子真大,电灯今天也装好了,这回可方便啰!"

"搬了家比什么都强。"

"我说您都不听嘛!我说惠安馆房高墙高,咱们得在门口挂一个八卦镜照着它,你们都不信。"

"好了,不必谈了,反正现在已经离开那倒霉的地方就是了。等英子好了,什么也别跟她说,回到家,换了新地方,让她把过去的事儿全忘了才好,她要问什么,都装不知道,听见了没有?宋妈。"

"这您不用嘱咐,我也知道。"

他们说的是什么,我全不明白,我在想,这是怎么回事儿?有什么事情不对了吗?我想着想着觉得自己在渐渐地升高,升高,我是躺在这里,高、高、高,鼻子要碰到屋顶了,"呀!"我浑身跳了一下,又从上面掉下来,一惊疑就睁开了眼睛,只听宋妈说:

"好了,醒了!"

妈妈的眼睛又红又肿,宋妈也含着眼泪。但是我仍说不出话,不知怎么样才可以张开嘴。这时妈妈把我搂抱起来,捏住我的鼻子,我一张嘴,一匙水就一下给我灌了下去,我来不及反抗,就咽下了,然后我才喊:

"我不吃药!"

宋妈对妈说：

"我说灵不是？我说关帝老爷灵验不是？喝下去立刻会说话。"

妈给我抹去嘴边的水，又把我弄躺下来。我这时才奇怪起来，看看白色的屋顶、白色的墙壁、白色的门窗和桌椅，这是什么地方？我记得我是在一个……我问妈妈说：

"妈，外面在下雨吗？"

"哪儿来的雨，是个大太阳天呀！"妈说。

我还是愣愣地想，我要想出一件事情来。

这时宋妈挨到我身边来，她很小心地问我：

"认得我吗？英子！"

我点点头："宋妈。"

宋妈对妈笑笑。妈又说：

"你发烧病了十天了，爸爸和妈妈把你送到医院来住，等你好了，我们就回到新的家去，新的家还装了电灯呢！"

"新的家？"我很奇怪地问。

"新的家，是呀！我们的新家在新帘子胡同，记着，老师考你的时候，问你家住在哪儿？你就说，新——帘——子胡同。"

"那么……"有些事情我实在想不起来了，所以要说什么，也不能接下去，我就闭上眼睛。妈说：

"再睡会儿也好，你刚好还觉得累，是不是？"妈妈说着就摸抚我的嘴巴、我的眼皮、我的头发，忽然一个东西一下碰到了我的头，疼了一下,我睁开眼看,是妈妈手上套的那只——那只金镯子!我不由得惊喊了一声:"镯子!"妈没说什么,把金镯子又推到手腕上去。我的眼睛直望着妈妈的金镯子,心想着,这只金镯子不是——不就是我给一个人的那只吗?那个人叫什么来着?我糊涂了,但不敢问,因为我现在不能把那件事记得很清楚。我怎么就生病,就住到这医院里来了呢?我是一点儿也不清楚。

妈妈拍拍我说:

"别发呆了,看你发烧睡大觉的时候,多少人给你送吃的、玩的东西来!"

妈妈从床头的小桌上拿起来一个很好看的匣子,放在枕边,一边打开来,一边说:

"匣子是刘婆婆给你买的,留着装东西用,里面,喏,你看,这珠链子是张家三姨送你的。喏,这支自动铅笔是叔叔给你的。你自己玩吧!"她便转头跟宋妈说话去了。

我随着妈妈的说明,一件件从匣里拿出来看,我再摸出来的是一只手表,上面镶了几颗钻,啊!这是我自己的东西!但是——我手举着表,一动也不动地看着,想着,它怎么会在这只匣子里?它不是也被我送给人了吗?

"妈!"我不禁叫了一声,想问问。妈回过头看见,连忙接过表去,笑着说道:

"看,这只表我给你修理好了,你听!"

妈把表挨近我的耳朵,果然发出滴答滴答的声音。然而这时我想起了一些事情,我想起了一个人,又一个人。她们的影子,在我眼前晃。

"妈!"我再叫一声还想问问。

妈妈慌忙又从匣子拿出别的玩意儿来哄我:

"喏,再看这个,是……"

我忽然想起好些事情来了,我跟一个人,还有一个人的事情,但是妈妈为什么那样慌慌忙忙地不许人问?现在我是多么地思念她们两个人啊!我心里太难受,真想哭,我忽然翻身伏在枕头上,就忍不住大声地哭起来。我哭着,嘴里喊:"爸爸!爸爸!"

妈妈和宋妈赶着来哄我,妈妈说:

"英子想爸爸了,爸爸知道多高兴,他下班就会来看你!"

宋妈说:

"孩子委屈啰,孩子这回受大委屈啰!"

妈妈把我抱起来搂着我,宋妈拍着我,她们全不懂得我!我是在想那两个人啊!我做了什么不对的事吗?我很怕!爸爸,爸爸,你是男人,你应当帮助我啊!我是为了这个才叫爸爸的。

我哭了一阵子很累了,闭上眼睛偎在妈妈的怀里。妈妈轻轻摇着我,低声唱她的老家的歌:

"天乌乌,要落雨,老公仔举锄头巡水路,巡着鲫仔鱼要娶某,龟举灯,鳖打鼓……"她又唱:

"厂一　厂乂　ㄇ,饲阉鸡,阉鸡饲大只,刣给英子吃,英子吃不够,去后尾门仔眯眯哭!"那轻轻的摇动使我舒服多了,听到这儿,我不由得睁开眼笑了。妈妈很高兴地亲着我的脸说:

"笑了,笑了,英子笑了。宋妈已经把家里的油鸡杀了给你煮汤喝呢!"

宋妈从桌底下拿出一只小锅,打开来还冒着热气,她盛了一碗黄黄的汤还有几块肉,递到我面前,要我喝下去。我别过脸去不要看,不要吃。碗里是西厢房的小油鸡吗?我曾经摸着它们的黄黄软软的羽毛,曾经捉来绿色的吊死鬼喂它们,曾经有一个长长睫毛大眼睛里的泪滴落在它们的身上……我不说什么,把头钻进妈妈的胸怀里。妈妈说:

"她不想吃,再说吧,刚醒过来,是还没有胃口。"

我在医院住了十几天,刚可以起床伏在窗口向下面看望,爸爸就雇来一辆马车,把我接回家。

马车是敞篷的,一边是爸,一边是妈,我坐在中间,好神气。前面坐了两个赶马车的人,爸爸催他们快一点,皮鞭子抽在马身上,马蹄子嘚嘚嘚嘚,嘚嘚嘚嘚,一路跑下去。马车所经过的路,我全都不认识。这条大街长又长,好像前面没尽没了。

我觉得很新鲜,转身脸向着车后,跪在座位上,向街上呆呆地看。两边的树一棵一棵地落在车后面,是车在走呢,还是树在走呢?

我仰起头来,望见了青蓝的天空,上面浮着一块白云彩,不,一条船。我记得她说:"那条船,慢慢儿地往天边上挪动,我仿佛上了船,心是飘的。"她现在在船上吗?往天边儿上去了吗?

一阵小风吹散开我的前刘海,经过一棵树,忽然闻见了一阵香气,我回头看妈妈,心里想问:"妈,这是桂花香吗?"我没说出口,但是妈妈竟也嗅了嗅鼻子对爸爸说:

"这叫做马缨花,清香清香的!"她看我在看她,就又对我说,"小英子,还是坐下来吧,你这样跪着腿会疼,脸向后风也大。"

我重新坐正,只好看赶马车的人狠心地抽打他的马。皮鞭子下去,那马身上会起一条条的青色的伤痕吗?像我在西厢房里,撩起一个人的袖子,看见她胳膊上的那样的伤痕吗?早晨的太阳,照到西厢房里,照到她那不太干净的脸上,那又湿又长的睫毛一闪动,眼泪就流过泪坑淌到嘴边了!我不要看那赶车人的皮鞭子!我闭上眼,用手蒙住了脸,只听那嘚嘚的马蹄声。

太阳照在我身上,热得很,我快要睡着了,爸爸忽然用手指逗逗我的下巴说:

"那么爱说话的英子,怎么现在变得一句话都没有了呢?告诉爸,你在想什么呢?"

这句话很伤了我的心吗?怎么一听爸说,我的眼皮就眨了两下,碰着我蒙在脸上的手掌,湿了,我更不敢放开我的手。

妈妈这时一定在对爸爸使眼色吧?因为她说:

"我们小英子在想她将来的事呢!……"

"什么是将来的事?"从上了马车到现在,我这才说第一句话。

"将来的事就是英子要有新的家呀,新的朋友呀,新的学校呀,……"

"从前的呢?"

"从前的事都过去了,没有意思了,英子都会慢慢忘记的。"

我没有再答话,不由得再想——西厢房的小油鸡,井窝子边闪过来的小红袄,笑时的泪坑,廊檐下的缸盖,跨院里的小屋,炕桌上的金鱼缸,墙上的胖娃娃,雨水中的奔跑,……一切都算过去了吗?我将来会忘记吗?

"到了!到了!英子,新帘子胡同到了,新的家到了!快看!"

新的家?妈妈刚说这是"将来"的事,怎么这么快就到眼前了?

那么我就要放开蒙在脸上的手了。

我们看海去

一

妈妈说的,新帘子胡同像一把汤匙,我们家就住在靠近汤匙的底儿上,正是舀汤喝时碰到嘴唇的地方。于是爸爸就教训我,他绷着脸,瞪着眼说:

"讲唔听!喝汤不要出声,苏苏苏的,最不是女孩儿家相。舀汤时,汤匙也不要把碗碰得当当当地响……"

我小心小心地拿着汤匙,轻慢轻慢地探进汤碗里,爸又发脾气了:

"小人家要等大人先舀过了再舀,不能上一个菜,你就先下手,"他又转过脸向妈妈,"你平常对孩子全没教习,也是不行的……"

我心急得很,只想赶快吃了饭到门口看方德成和刘平踢球玩,所以我就喝汤出了声,舀汤碰了碗,菜来先下手。我已经吃饱了,只好还坐在饭桌旁,等着给爸爸盛第二碗饭。爸爸说,不能什么都让佣人做,他这么大的人,在老家时,也还不是吃完了饭仍站在一旁,听着爷爷的教训。

我趁着给爸爸盛好饭，就溜开了饭桌，走向靠着窗前的书桌去，只听妈妈悄悄对爸爸说：

"也别把她管得这么严吧，孩子才多大？去年惠安馆的疯子把她吓得那么一大场病，到现在还有胆小的毛病，听见你大声骂她，她就一声不言语，她原来不是这样的孩子呀！现在搬到这里来，换了一个地方，忘记以前的事，又上学了，好容易脸上长胖些……"

妈妈啊！你为什么又提起那件奇怪的事呢？你们又常常说，哪个是疯子，哪个是傻子，哪个是骗子，哪个是贼子，我分也分不清。就像我现在，抬头看见窗外蓝色的天空上，飘动着白色的云朵，就要想到国文书上第二十六课的那篇《我们看海去》：

  我们看海去！
  我们看海去！
  蓝色的大海上，
  扬着白色的帆。
  金红的太阳，
  从海上升起来，
  照到海面照到船头。
  我们看海去！
  我们看海去！

我就分不清天空和大海。金红的太阳,是从蓝色的大海升上来的呢?还是从蓝色的天空升上来的呢?但是我很喜欢念这课书,我一遍一遍地念,好像躺在床上,又像睡在云上。我现在已经能够背下来了,妈妈常对爸爸、对宋妈夸我用功,书念得好。我喜欢念的,当然就念得好,像上学期的"人手足刀尺狗牛羊一身二手……"那几课,我希望赶快忘掉它们!

爸爸去睡午觉了,一家人都不许吵他,家里一点儿声音都没有,但是我听到街墙传来"嘭嘭"的声音,那准是方德成他们的皮球踢到墙上了。我在想,出去怎样跟他们说话,跟他们一起玩呢?在学校,我们女生是不跟男生说话的,理也不理他们,专门瞪他们,但是我现在很想踢球。

好妈妈,她过来了:

"出去跟那两个野孩子说,不要在咱们家门口踢球,你爸爸睡觉呢!"

有了这句话就好了,我飞快地向外跑,辫子又钩在门框的钉子上了,拔起我的头发根,痛死啦!这只钉子为什么不取掉?对了,是爸爸钉的,上面挂了一把鞋掸子,爸爸临出门和回家来,都先掸一掸鞋。他教我也要这样做,但是我觉得我鞋上的土,还是用跺脚的法子,跺得更干净些。

宋妈在门道喂妹妹吃粥,她头上的簪子插着薄荷叶,太阳穴贴着小红萝卜皮,因为她在闹头痛的毛病。开街门的时候,宋妈问我:

"又哪儿疯去？"

"妈叫我出去的。"我理由充足地回答她。

门外一块圆场地，全被太阳照着，就像盛得满满的一匙汤。我了不起地站到方德成的面前说：

"不许往我们家墙上踢球，我爸爸睡觉呢！"

方德成从地上捡起皮球，傻乎乎地看着我。

在我们家的斜对面，是一所空房子，里面没有人家住，只有一个看房的聋子老头儿，也还常常倒锁了街门到他的女儿家去住。宋妈不知道从哪儿听来的，说这所房子总租不出去，是因为闹鬼。妈妈听了就跟爸爸说："北京城怎么这么多闹鬼的房子？"

在闹鬼房子和另一所房子的中间，有一块像一间房子那么大的空地，长满了草，前面也有看来我都能迈过去的矮破砖墙，里面的草长得比墙高。这块空地听说原来是闹鬼房子的马号，早就塌了，没有人修，就成了一块空草地。

我看着那片密密高高的草地，它旁边正接着一段闹鬼房子的墙，我对傻方德成他们说：

"不会上那边踢去，那房里没住人。"

他们俩一听，转身就往对面跑去。球儿一脚一脚地踢到墙上又打回来，是多么地快活。

这是条死胡同，做买卖的从汤匙的把儿进来，绕着汤匙底儿走一圈，还得从原路出去。这时剃头挑子过来了，那两片铁夹子"唤头"弹得嗡嗡地响,也没人出来剃头。打糖锣的也来了,他的挑子上有酸枣面儿,有印花人儿,有山楂片,还有珠串子,都是我喜欢的,但是妈妈不给钱,又有什么办法!打糖锣的老头子看我站在他的挑子前,就轻轻地对我说:

"去,去,回家要钱去!"

教人要钱,这老头子真坏!我心里想着,就走开了。我不由得走向对面去,站在空草地的破砖墙前面,看方德成和刘平他们俩会不会叫我也参加踢球。球滚到我脚边来了,我赶快捡起来扔给他们。又滚到更远一点儿的墙边去了,我也跑过去替他们捡起来。这一次刘平一脚把球踢得老高老高的,他自己还夸嘴说:"瞧老子踢得多棒!"但是这回球从高处落到那片高草地里去了。

"英子,你不是爱捡球吗?现在去给我们捡吧!"刘平一头汗地说。

有什么不可以?我立刻就转身迈进破砖墙,脚踏在比我还高的草堆里。我用两手拨开草才想起,球掉到哪儿了呢?怎么能一下就找到?不由得回头看他们,他们俩已经跑到打糖锣的挑子前,仰着脖子在喝那三大枚一瓶的玉泉山汽水。

我探身向草堆走了两步,刘平在喊我:"留神脚底下狗屎,林英子!"

我听了吓得立刻停住了,向脚底下看看,还好,什么都没有。我拨开左面的草,右面的草,都找不到球。再向里走,快到最里面的墙角了，我脚下碰着一个东西，捡起来看，是把钳子，没有用，我把它往面前一丢，当的一声响了，我赶快又拨开前面的草，这才发现，钳子是落在一个铜盘子上面，盘上是反扣着的。真奇怪！我不由得蹲下来，掀开铜盘子，底下竟是叠得整整齐齐的一条很漂亮带穗子的桌毯和一件很讲究的绸衣服，我赶紧用铜盘子又盖住，心突突地跳，慌得很，好像我做了什么不对的事被人发现了，抬头看看，并没有人影，草被风吹得向前倒，打着我的头，我只看见草上面远远的那块蓝色的海，不，蓝色的天。

我站起身来往出口的路走，心在想，要不要告诉刘平他们？我走出来，只见他们俩已经又在地上弹玻璃球了，打糖锣的老头子也走了。刘平头也没抬地问我：

"找着没有？"

"没有。"

"找不着算了，那里头也太脏，狗也进去拉屎，人也进去撒尿。"

我离开他们回家去。宋妈正在院子里收衣服，她看见我皱起眉头（小红萝卜皮立刻从太阳穴掉下来了）说：

"瞧襄的这身这脸的土！就跟那两个野小子踢球踢成这模样儿？"

"我没有踢球！"我的确没有踢球。

"骗谁！"宋妈撇嘴说着，又提起我的辫子，"你妈梳头是有名的手紧，瞧！还能让你玩散了呢！你说你够多淘！头绳儿哪？"

"是刚才那门上的钉子钩掉的。"我指着屋门那只挂掸子的钉子争辩说。这时我低头看见我的鞋上也全是土,于是我在砖地上用力地跺上几跺,土落下去不少。一抬头,看见妈妈隔着玻璃窗在屋里指点着我,我歪着头,皱起鼻子,向妈妈眯眯地笑了笑。她看见我这样笑,会什么都原谅我的。

二

第二天、第三天,好几天过去了,方德成他们不再提起那个球,但是我可惦记着,我惦记的不是那个球,是那块草地,草地里的那堆东西。我真想告诉妈或者宋妈,但是话到嘴边又收回去了。

今天我的功课很快就做完了,两位数的加法真难算,又要进位,又要加点,我只有十个手指头,加得忙不过来。算术算得太苦了,我就要背一遍《我们看海去》,我想,躺在那海中的白帆船上,会被太阳照得睁不开眼,船儿在水上摇呀摇的,我一定会睡着了。"我们看海去,我们看海去",我收拾铅笔盒的时候,这样念着;我把书包挂在床栏上,这样念着;我跳出了屋门坎儿,这样念着。

爸和妈正在院子里,妈妈抱着小妹妹,爸爸在剪花草,他说夹竹桃叶子太多了,花就开得少,该去掉一些叶子。他又用细绳儿把枝子捆扎一下,那几棵夹竹桃,就不那么散散落落的了。他又给墙边的喇叭花牵上一条条的细绳子,钉在围墙高处,早晨的太阳照在这堵墙上,喇叭花红紫黄蓝的全开开了,但现在不是早晨,几朵喇叭花已经萎了。

妈妈对爸爸说:

"带把锁回来吧,贼闹得厉害,连新华大街上还闹贼呢!"

爸爸在专心剪栽花草,鼻孔一张一张的,他漫不经心地说:"新华街,离这里还远呢!"抬头看见我又说,"是不是?英子!"

我点点头,那空草地在我眼前闪了一下。

小妹妹这时从妈妈的身上挣脱下来,她刚会走路,就喜欢我领她。我用跳舞的步子带着她走,小妹妹高兴死啦!咯咯地笑,我嘴里又念着"我们看海去",念一句,跳一步舞,这样跳到门口。宋妈刚吃过饭,用她那银耳挖子在剔牙,每剔一下,就喷喷地吸着气,要剔好大的工夫,仿佛她的牙很重要!小妹妹抱住她的腿,她把耳挖子在身上抹了抹,插到她的髻儿上去。

宋妈抱起小妹妹走出街门了,她对妹妹说:

"俺们逛街去啰!俺们逛街街去啰!"宋妈逛大街的瘾头很大,回来后就有许多新鲜事儿告诉妈妈,神妖贼怪,骡马驴牛。

宋妈走远去了,小妹妹还在向我招手,天还没有黑,但是太阳不见了,只有对面空房子的墙角上,还有一丝丝光。再看过去,旁边的空草地上,也还有一片太阳闪着亮,草被风吹得轻轻地动,我看愣了,不由得向它走过去。我家隔壁的门前,停了一个收买破烂货的挑子,却不见人,大概是到谁家收买破烂儿去了吧!这时门前的空地上,一个人也没有。

我走向空草地,一边迈过破墙,一边心想,如果被宋妈或者什么人看见我到这里来的话,我就说,我来找那个皮球的,本来嘛!

我没有专心找球,但也希望能看到它,我的脚步是走向那个神秘的墙角。我憋住气,拨动着高草,轻轻地向前探着脚步,我是怕又踩到什么东西。

那些东西,还能够在这地方吗?我那天怎么不敢多看一看,立刻就返身退出来呢?现在这些东西如果还在这地方的话,我又怎么办呢?当然没有办法,我只是想看一看,因为我喜欢奇怪的事。

但是当我拨开那一丛草的时候,使我倒抽了一口气,惊奇地喊了一声:

"哦!"

有一个人蹲在草地上!他也惊吓地回过头来"哦"了一声。瞪着眼望了我一阵,随后他笑了:

"小姑娘,你也上这儿来干吗?"

"我呀,"我竟答不出话来,愣了一下,终于想出来了,"我来找球。"

"球?是不是这个?"他说着,从身后的一堆东西里拿出一个皮球,果然是刘平他们丢的那个。我点点头,接过球来便转身退出去,但是他把我叫住了:

"嗯——小姑娘,你停停,咱们谈谈。"

他是穿着一身短打裤褂,秃着头,浓浓的眉毛,他的厚嘴唇使我想起了会看相的李伯伯说过的话:"嘴唇厚厚敦敦的,是个老实人相。"我本来有点怕,想起这句话就好多了。他说话的声音仿佛有点发抖,人也不肯站起来,但是我知道他身后有一堆东西,不知道是不是那天的铜茶盘什么的。他说:

"小姑娘,你几岁啦?念书了没有?"

"七岁,在厂甸附小一年级。"常常有人问我同样的话,所以我能一下就回答出来。

"嚩!那是好学堂。谁接你送你上学呀?"

"我自己。"回答了以后,想起爸爸,所以我又说:"爸爸说,小孩子要早早养成自立的本事,现在,你知道不知道,新华街城墙打通了,叫做兴华门,我就不用绕顺治门啦!"

"小姑娘会说话,家教好,"他不住地点头,"你爸爸说得对,小孩子要早早地就学着自个儿,嗯——自个儿那什么的本事,唉——!"他忽然低头长长地叹一口气,又抬头望着我,笑着问我:"你猜我是来干吗?"

"你呀——我猜不出,"我摇摇头,但又忽然想起来了,"你是不是来这里拉屎?"

"拉屎?"他睁大了眼睛,"对啦,对啦,我是来出恭的啦!"

"不讲卫生!"

"我们这路人,没有卫生。"

我又低头斜着眼望了一下他的背后,他好像在想什么,愣了一会儿,从短褂口袋里掏出了一把玻璃球,都是又圆又亮的汽水球:

"哪,这些个给你。"

"我不要!"这种事一点儿也不能坏我的心眼儿。爸爸说过,不许随便拿人家的东西。

"是我给你的呀!"他还是要塞到我手里,但是我的手掌努力张开着,并不拳起来,球没法落在我手里,就都掉在草地上了。我又说:

"人家给的也不能随便要。"

"这孩子!"他也很没有办法的样子,随后他又问我:"你们家知道你上这儿来吗?"

我摇摇头。

"你回去了,要告诉你们家里的人看见我了吗?"

我还是摇头。

"那好,可千万别跟人说看见我了呀!我也是好人。"

谁又说他是坏人了呢?他的样子好奇怪!我猜他不是来拉屎的,那堆东西,跟他有关系。

"回去吧!快黑了!"他指指天,乌鸦飞过去了。

"那你呢?"我问他。

"我也走呀,你先走。"他掸掸身上落下的碎草,好像要站起来,接着又说:"可别说出去呀,小姑娘,你还小,不懂事,等赶明儿,我跟你慢慢地谈,故事多着呢!"

"讲故事?"

"是呀!我常常来,我看你这小姑娘是好心肠,咱们交个道义朋友,我跟你讲我弟弟的故事儿呀,我的故事儿呀。"

"什么时候?"说到讲故事,我最喜欢。

"遇见了,咱们就聊聊,我一个人儿,也闷得慌。"

他说的话,我不太懂,但是我觉得这样一个大朋友,可以交一交,我不知道他是好人,还是坏人,我分不清这些,就像我分不清海跟天一样,但是他的嘴唇是厚厚敦敦的。

我转身向外拨动高草,又回过头来问他:

"明天你要来吗?"

"明天?不一定。"

他正拿一个包袱摊开来包些东西,草下面很暗了,看不清,但是可以听见"当当"的声音,准是那个铜盘子碰着掉在地上的汽水球了。那些是他的东西吗?

我走出了破砖墙,眼前这块地方还是没有人,但远远地我看见宋妈领着小妹妹回来了,我赶快向家里跑,路过隔壁的人家,看见那收破烂的挑子还摆在那里。

我和宋妈同时到了家门口,便牵了小妹妹的手一路走进家门,这时院子里的电灯亮了,电灯旁边的墙上爬着好几条蝎虎子,电灯上也飞绕着许多小虫儿。茶几已经摆在花池子旁边了,上面准是一壶香片茶,一包粉包烟,爸爸要在藤椅上躺好久好久,跟妈妈谈这谈那,李伯伯也许会来。

我把皮球放在茶几上,随手便把粉包烟拿起来打开,抽出里面的洋画儿,爸爸笑笑问我:

"封神榜的洋画儿存全了没有?"

"哪里会!那张姜子牙永远不会有。三只眼的杨戬我倒有三张啦!"

爸爸摸摸我的头笑着对妈妈说:

"这孩子,也知道什么姜子牙啦,杨戬啦!"

我也不知道是怎么个心气儿,忽然问爸爸:

"爸,什么叫做贼!"

"贼?"爸奇怪地望着我,"偷人东西的就叫贼。"

"贼是什么样子?"

"人的样子呀!一个鼻子俩眼睛。"妈回答着,她也奇怪地望着我:

"怎么问起这个来了?"

"随便问问!"

我说着拿了小板凳来放在妈妈的脚下,还没坐下来呢,李伯伯就进来了,于是妈妈就赶我:

"去,屋里跟小妹妹玩去,不要在这里打岔。"

三

我洗脸的时候,把皮球也放在脸盆里用胰子洗了一遍,皮球是雪白的了,盆里的水可黑了。我把皮球收进书包里,这时宋妈走进来换洗脸水,她"哟"了一声,指着脸盆说:

"这是你的脸?多干净呀!"

"比你的臭小脚干净!"我说完噗哧笑了。我也不知为什么想到宋妈的脚,大概是因为她的脚裹得太严紧了。妈妈说过,那里面是臭的。

宋妈也笑了,她说:

"你嘴厉害不是?咬不动烧饼可别哭呀!"

咬不动烧饼,实在是我每天早晨吃早点时一件痛苦的事。我的大牙都被虫蛀了,前面的又掉了两个,新的还没长出来,所以我就没法把烧饼麻花痛痛快快地吃下去。为了慢慢地吃早点,我迟到了;为了吃时碰到虫牙我疼得哭了。那么我就宁可什么也不吃,饿着肚子上学去。

我把书包挂在肩膀上,自己上学去。出了新帘子胡同照直向城门走去,兴华门虽然打通了,但是还没有做好,城门里外堆了一层层的砖土,车子不通行,只有人可以走过。早晨的太阳照在土坡上,我走上土坡,太阳就照满我的全身,我虽然没吃早点,但很舒服,就在土坡上站了一会儿,看着来来往往的行人。手扶着书包正碰着鼓起来的皮球，不由得想到了空草地里的情景，那个厚厚嘴唇的男人，他到底是干吗的？

我呆想了一会儿，便走下坡来，出了兴华门，马上就到学校了。

五年级的童子军把着校门，他们的样子多凶啊！但是多让人羡慕啊！我几时能当上童子军呢？

"书包里是什么？"童子军指着我的书包问。

我吓了一跳。

"是皮球，还给刘平的。"我说话都有点哆嗦了，我真怕他们。

童子军对我很好，他没有检查，手一挥，放我进去了。我可看见他从别的同学的裤袋里查出蚕豆来，查出山楂糖来，全给没收了。不许带吃的。

进了教室，我掏出皮球来给刘平，他愣着，大概忘了，我说：

"是你们那天丢的皮球呀！"

他这才想起来，很高兴地接过去，也不说声谢谢。

有一些同学们在吵吵闹闹，他们说，欢送毕业同学全校要开个游艺会，在大礼堂，每一班都要担任游艺会的一项表演节目，吵的就是我们这班会表演什么呢？我真奇怪，他们的消息从哪儿得来的？我怎么就不知道这些事情。

上课的时候，老师果然告诉我们，一、二年级的同学不会表演整出的话剧什么的，只好唱唱歌，跳跳舞。教跳舞唱歌的韩老师，要从一、二、三年级的同学里，挑出几个人来，合着演唱"麻雀与小孩"。

啊！那是多么好听好看的一出歌舞啊！老师会选谁呢？会选我吗？我心跳了，因为我喜欢韩老师！她是我们附小韩主任的女儿。她冬天穿着一件藕合色的旗袍，周身镶了白兔皮的边，在大礼堂里教我们跳舞、拉圈儿的时候，她刚好拉着我的手。她的手又热又软，我是多么喜欢她，她喜欢我吗？……

"……还有林英子，当小麻雀。"

啊！我还在做梦呢，什么也没听见，什么？真的是在叫我的名字吗？

"林英子，从明天起，下了课要晚一点儿回家，每天都由韩老师教你们，到三甲的教室去，听明白了没有？记住，要告诉家里一声。"

我只觉得脸热，真高兴死了，同学们会多么羡慕我啊！去跟三年级的大同学一起跳舞，虽然我当的是小小麻雀，只管飞来飞去，并不要唱什么。

我觉得时间过得真慢，因为我要赶快回家告诉臭小脚宋妈，她一定会抱妹妹来看游艺会，我才不要她来！下课的时候，同学都围着我，问我跳舞那天穿什么衣裳？害怕不害怕？女同学都跑过来搂着我，好像我是她们每一个人的好朋友。

好容易放学该回家吃午饭了，我加快了脚步，抢在同学的前面走出来。进了兴华门，过了高高低低的土坡，再走一小段路，就到新帘子胡同了。胡同里的第三家，是所大房子，平常大门关得严严的，今天却难得地敞开了，门口围着许多人，巡警也来了，不知道是什么事。

但是我下午还要上学,不能挤进人堆里去看,赶快跑回家来。

宋妈正在气喘吁吁地跟妈讲什么,妈惊奇地瞪着眼听,又摇头,又啧啧。

"这回可大发了,一共偷了三十件,八成是昨天天好拿出来晒衣服,让贼给瞄上了。"

"从外面怎么能看得见呢?不是黑大门的那家吗?我路过也难得看见他们打开门,总是阴森森的。"

"今天大门一敞开,咱们才看见,真是天棚石榴金鱼缸,院子可豁亮啦!"

"现在怎么样了呢?"

"巡警在那儿查呢!走,珠珠,咱们再看去,"宋妈领着小妹妹,回头看见了我,"小英子,你去不去看热闹?"

"热闹?人家丢了那么多东西,多着急呀,你还说是热闹呢?"我说完撇了她一嘴。

"好心没好报!"宋妈终于又抱着妹妹走了。

我在饭桌上告诉妈妈,我参加表演"麻雀与小孩"的事,妈妈很高兴,她说要给我缝一件最漂亮的跳舞衣。我说:

"缝好了就锁在箱子里,不要让贼偷走啊!"

"不会啦,别说这丧话!"妈说。

我忍不住又问妈:

"妈,贼偷了东西,他放在哪儿呢?"

"把那些东西卖给专收贼赃的人。"

"收贼赃的人什么样儿?"

"人都是一个样儿,谁脑门子上也没刻着哪个是贼,哪个又不是。"

"所以我不明白!"我心里正在纳闷儿一件事。

"你不明白的事情多着呢!上学去吧,我的洒丫头!"

妈的北京话说得这么流利了,但是,我笑了:

"妈,是傻丫头,傻,尸尸丫傻,不是厶丫洒。我的洒妈妈!"说完我赶快跑走了。

四

因为放学后要练习跳舞,今天回来得晚一点儿。在兴华门的土坡上,我还是习惯地站了一会儿。城墙上面的那片天,是淡红的颜色了,海在这时也会变成红色的吗?我又默默地背起"我们看海去!我们看海去!……金红的太阳,从海上升起来,……"那么现在不可以说是"金红的太阳,从天上落下去"吗?对了,我将来要写一本书,我要把天和海分清楚,我要把好人和坏人分清楚,我要把疯子和贼子分清楚,但是我现在却是什么也分不清。

我从土坡上下来,边走边想,走到家门口,就在门墩儿上坐下来,愣愣地没有伸手去拍门,因为我看见收买破烂货的挑子又停在隔壁人家门口了。挑挑子的人呢？我不由得举起脚步走向空草地那边去。这时门前的空地上，只见远远的有一个男人蹲在大槐树底下，他没有注意我。我迈进破砖墙，拨开高草，一步步向里走。

还是那个老地方，我看见了他！

"是你！"他也蹲在那里，嘴里咬着一根青草。他又向我身后张望了一下。招手叫我也蹲下来。我一蹲下来，书包就落在地上了。他小声地说：

"放学啦？"

"嗯。"

"怎么不回家？"

"我猜你在这里。"

"你怎么就能猜出来呢？"他斜起头看我，我看他的脸，很眼熟。

"我呀！"我笑笑。我只是心里觉得这样，就来了，我并不真的会猜什么事，"你该来了！"

"我该来了？你这话是什么意思？"他惊奇地问。

"没有什么意思呀！"我也惊奇地回答，"你还有什么故事没跟我讲哪！不是吗？"

"对对对，咱们得讲信用。"他点点头笑了。他靠坐在墙角，身旁有一大包东西，用油布包着，他就倚着这大包袱，好像宋妈坐在她的炕头上靠着被褥垛那样。

"你要听什么故事儿？"

"你弟弟的,你的。"

"好,可是我先问你,我还不知道你叫什么名儿呢?"

"英子。"

"英子,英子,"他轻轻地念着,"名儿好听。在学堂考第几?"

"第十二名。"

"这么聪明的学生才考十二名?应当考第一呀!准是贪玩儿分了你的心。"

我笑了,他怎么知道我贪玩儿?我怎么能够不玩儿呢!

他又接着说:

"我就是小时候贪玩儿,书也没念成,后悔也来不及了。我兄弟,那可是个好学生,年年考第一,有志气。他说,他长大毕了业,还要漂洋过海去念书。我的天老爷,就凭我这没出息的哥哥,什么能耐也没有,哪儿供得起呀!奔窝头,我们娘儿仨,还常常吃了上顿没下顿呢!唉!"他叹了口气,"走到这一步,也是事非得已。小妹妹,明白我的话吗?"

我似懂,又不懂,只是直着眼看他。他的眼角有一堆眼屎,眼睛红红的,好像昨天没睡觉,又像哭过似的。

"我那瞎老娘是为了我没出息哭瞎的;她现在就知道我把家当花光了,改邪归正做小买卖,她不知道我别的。我那一心啃书本的弟弟,更拿我当个好哥哥。可不是,我供弟弟念书,一心要供到让他漂洋过海去念书,我不是个好人吗?小英子,你说我是好人?坏人?嗯?"

好人,坏人,这是我最没有办法分清楚的事,怎么他也来问我呢?我摇摇头。

"不是好人?"他瞪起眼,指着他自己的鼻子。

我还是摇摇头。

"不是坏人?"他笑了,眼泪从眼屎后面流出来。

"我不懂什么好人,坏人,人太多了,很难分。"我抬头看看天,忽然想起来了,"你分得清海跟天吗?我们有一课书,我念给你听。"

我就背起"我们看海去"那课书,我一句一句慢慢地念,他斜着头仔细地听。我念一句,他点头"嗯"一声。念完了我说:

"金红的太阳是从蓝色的大海升上来的吗?可是它也从蓝色的天空升上来呀?我分不出海跟天,我分不出好人跟坏人。"

"对,"他点点头很赞成我,"小妹妹,你的头脑好,将来总有一天你分得清这些。将来,等我那兄弟要坐大轮船去外国念书的时候,咱们给他送行去,就可以看见大海了,看它跟天有什么不一样。"

"我们看海去!我们看海去!"我高兴得又念起来。

"对,我们看海去,我们看海去,蓝色的大海上,扬着白色的帆,……还有什么太阳来着?"

"金红的太阳,从海上升起来,……"

我一句句教他念,他也很喜欢这课书了,他说:

"小妹妹,我一定忘不了你,我的心事跟别人没说过,就连我兄弟算上。"

什么是他的心事呢？刚才他所说的话，都叫做心事吗？但是我并不完全懂，也懒得问。只是他的弟弟不知要好久才会坐轮船到外国去？不管怎么样，我们总算订了约会，订了"我们看海去"的约会。

五

妈妈那条淡青色的头纱，借给我跳舞用。她在纱的四角各缀上一个小小铃儿；我把纱披在身上，再系在小拇指上，当做麻雀的翅膀。我的手一舞动，铃儿就随着响，好听极了。

举行毕业典礼那天，同时也开欢送毕业同学会，爸妈都来了，坐在来宾席上，毕业同学坐在最前面，我们演员坐在他们后面。童子军维持秩序，神气死了，他们把童子军棍拦在礼堂的几个出入门口，不许这个进来，不许那个出去。典礼先开始了，韩主任发毕业证书，由考第一的同学代表去领取，那位同学上台领了以后，向韩主任鞠躬，转过身来又向台下大家一鞠躬，大家不住地鼓掌。我看这位领毕业文凭的同学很面熟，好像在哪里见过，唉！我真"洒"！每天在同一个学校里，当然我总会见过他的呀！

我们唱欢送毕业同学离别歌："长亭外，古道边，芳草碧连天，……问君此去几时来，来时莫徘徊。……"我还不懂这歌词的意思，但是我唱时很想哭，我不喜欢离别，虽然六年级的毕业同学我一个都不认识。

轮到我们的"麻雀与小孩"上场了,我心里又高兴,又害怕,这是我第一次登台。一场舞跳完,就像做梦一样,台下是什么样子,我一眼也不敢看,只听见嗡嗡的,还夹着鼓掌声。

我下了台,来到爸妈的来宾席。妈妈给我买了大沙果、玉泉山汽水和面包,我随便吃啦喝啦,童子军管不了啰!我并不愿意老老实实地坐在爸妈身边,便站起来,左看右看的,也为的让人家看见我就是刚才在台上的小麻雀。忽然,一晃眼,我看见一个熟悉的脸影,是坐在前边右面来宾席上的,他是?他侧过头来了,果然是他!我不知怎么,竟一下子蹲了下去,让前面的座位遮住我,我的脸好发烧,好像发生了什么事情。

我低下头想,他怎么也来了?是不是来看我?在那青草丛里,我对他讲过学校要开游艺会和我要表演的事了吗?如果他不是来看我的,又是来看谁呢?

我蹲在妈妈的脚旁太久,妈轻轻地踢了我一脚说:

"起来呀!你在找什么?"

我从座位下站起身,挨着妈妈坐下来,低头轻轻地吃沙果,眼睛竟不敢向右前方看去。妈妈笑笑说:

"你不是说今天是特别的日子,童子军不管同学吃零食的事吗?为什么还这么害怕?"

"谁说怕!"我把身子扭正过来。

这个大沙果是很难吃完的,因为我的牙!我吃着沙果,一边看台上,一边想心事。我想起来了,我想起来了,他的弟弟!一定是他考第一的弟弟在我们学校,就是领毕业证书的那个,我差点儿喊出来,幸亏沙果堵在嘴上,我只能从鼻子里"哼——"了一声。

游艺会仿佛很快就闭幕了,我们都很舍不得地离开学校回家。回家来,我还直讲游艺会的事情,说了又说,说了又说,好像这一天的快乐,我永远永远都忘不了。爸爸很高兴,他说我这次期考居然进到十名以内了,要买点儿东西鼓励我,爸说:

"要继续努力啊!一年年地进步上去,到毕业的时候,要像今天那个考第一的学生,代表同学领毕业证书。想一想,那位同学的爸爸坐在来宾席上,该是多么高兴呀!"

"他没有爸爸!"我突然这样喊出来,自己也惊奇了,他准是我所认为的那个人的弟弟吗?幸亏爸爸没有再问下去。但是这时候却引起我要到一个地方去的念头。晚饭吃过了,天还不太晚,我溜出了家门。

在门外乘凉的人很多,他们东一堆、西一堆地在说话,不会有人注意我。我假装不在意地走向空草地去。草长得更高,更茂盛了,拨开它,要用点力气呢!草里很暗,我不知道为什么要到这里来,也不知道他在不在,我只是一股子说不出的劲儿,就来了。

他没有在这里,但是墙角还有一个油布包袱,上面还压了两块石头。我很想把石头挪开,打开包袱看看,里面到底是些什么东西,但是我没敢这么做。我愣愣地看了一会儿,想了一会儿,眼睛竟湿了,我是想,夏天过去,秋天、冬天就会来了,他还会常常来这里吗?天气冷了怎么办?如果有一天,他的弟弟到外国去读书,那时他呢?还要到草地来吗?我蹲下来,让眼泪滴在草地上,我不知道为什么会这么伤心?我曾经有过一个朋友,人家说她是疯子,我却很喜欢她。现在这个人,人家又会管他叫什么呢?我很怕离别,将来会像那次离别疯子那样地和他离别吗?

地上有一个东西闪着亮,我捡起来看,是一个小铜佛,我随便把它拿在手里,就转身走出草地了。

经过大槐树底下的时候,一个戴着草帽穿着对襟短褂的男人向我笑眯眯地走过,他说:

"小姑娘,你手里拿的是什么玩意儿呀?我看看行吗?"

有什么不行呢,我立刻递给他。

"这是哪儿来的?你们家的吗?"

"不是。"我忽然想起这不是我家的东西,我怎么能随便拿在手里呢!于是我就指着空草地里说:

"喏,那里捡来的。"

他听了点点头,又笑眯眯地还给我,但是我不打算要了,因为回家去爸爸知道我在外面捡东西也会骂的,我就用手一推,说:

"送给你吧!"

"谢谢你哟!"他真是和气,一定是个好人啦!

六

天气闷热,晚上蚊子咬得厉害,谁知半夜就下了一场大雨,一直下到大天亮。我们开完游艺会放三天假,三天以后再到学校去取作业题目,暑假就开始了。今天不用上学了。

雨水把院子刷洗了一次,好干净!墙边的喇叭花被早晨的太阳一照,开得特别美。走到墙角,我忽然想起了另一个墙角。那个油布包袱,被雨冲坏了吗?还有他呢?

我想到这儿,就忍不住跑出去,也不管会不会被别人看见。青草还是湿的,一拨开,水星全打到我的身上来、脸上来。

他果然在里面!但他不是在游艺会上的样子了,昨天他端端正正地坐在礼堂里,腰板儿是直的,脖子是挺的。现在哪!他手上是水和泥,秃头上也是水珠子。他坐在什么东西上,两手支撑着下巴,厚厚的上嘴唇咬着厚厚的下嘴唇,看见我去了,也没有笑,他一定是在想他的心事,没有理会我。

好一会儿,他才问我:

"小英子,我问你,你昨天有没有动过这包袱?"

我摇摇头。斜头看那包袱,上面压着的石头没有了,包袱也不像昨天那样整齐了。

"我想着也不是你,"他低下头自言自语的,"可是,要是你倒好了。"

"不是我!"我要起誓,"我搬不动那上面的石头。"我停了一下终于大胆地说:"而且,我昨天学校开游艺会,你也知道。"

"不错,我看见你了。"

我笑笑,希望他夸我小麻雀演得好,但是他好像顾不得这些了,他拉过我的手,很难过地说:

"这地方我不能久待了,你明白不?"

我不明白,所以我直着眼望他,不点头,也不摇头。他又说:

"不要再到这儿找我了,咱们以后哪儿都能见着面,是不是?小妹妹,我忘不了你,又聪明,又伶俐,又厚道。咱们也是好朋友一场哪!这个给你,这回你可得收下了。"

他从口袋里掏出一串珠子,但是我不肯接过来。

"你放心,这是我自个儿的,奶奶给我的玩意儿多啦!全让我给败光了,就剩下这么一串小象牙佛珠,不知怎么,挂在镜框上,就始终没动过,今天本想着拿来送给你的,这是咱们有缘。小英子,记住,我可不是坏人呀!"

他的话是诚实的,很动听,我就接过来了,绕两绕,套在我的手腕上。

我还有许多话要跟他说的,比如他的弟弟、昨天的游艺会,但是他扶着我的肩膀说:

"回去吧,小英子,让我自个儿再仔细想想。这两天别再来了,外面风声仿佛——唉,仿佛不好呢!"

我只好退出来了,我迈出破砖墙,不由得把珠串子推到胳膊上去,用袖子遮盖住,我是怕又碰见那个不认识的男人来要了去。

七

一天过去,两天过去,到了我到学校取暑假作业题目的日子了。

美丽的韩老师正在操场上学骑车,那是一种多么时髦的事情呀!只有韩老师才这么赶时髦。她骑到我的面前停下了,笑笑对我说:

"来拿作业呀?"

我点点头。

"暑假要快乐地过,下学期很快就开学了,那时候,你作业做好了,你的新牙也长出来了,兴华门也可以通车子了!"

她的话多么好听,我笑了。但是想起牙,连忙捂住嘴,可是太好笑了,我的新牙虽然没有长出来,可也要笑,我就哈哈地大笑起来,韩老师也扶着车把大笑了。

我和几个同路的同学一路回家,向兴华门走去,土坡儿已经移开了许多,韩老师说得不错,下学期开学,一定可以有许多车辆打这里经过,韩老师当然也每天骑了车来上课啦。她骑在车上像仙女一样,我在路上见了她,一定向她招手说:"韩老师,早!"

走进新帘子胡同,觉得今天特别热闹似的,人们来来往往的,好像在忙一件什么事。也有几个巡警向胡同里面走去。又是谁家丢了东西吗？我的心跳了，忽然觉得有什么不幸。

越到胡同里面，人越多了。"走，看去！""走，看去！"人们都这么说，到底是看什么呢！

我也加紧了脚步，走到家门口时，看见家家的门都打开了，人们都站在门口张望，又好像在等什么，有的人就往空草地那面走去，大槐树底下也站满了人。

我家门墩上被刘平和方德成站上去了。宋妈抱着珠珠也站在门口，妈妈躲在大门里看，她说这叫规矩。

"怎么啦，宋妈？"我扯扯宋妈的衣襟问。

"贼！逮住贼啦！"宋妈没看我，只管伸着脖子向前探望着。

"贼？"我的心一动，"在哪儿？"

"就出来，就出来，你看着呀！"

人们嗡嗡地谈着，探着头。

"来啦！来啦！出来啦！"

我的眼前被人群挡住了，只看见许多头在攒动。人们从草地那边拥着过来了。

"就是他呀！这不是收破铜烂铁的那小子吗？"

前面一个巡警手里捧着一个大包袱，啊！是那个油布包袱！那么一定是逮住他了，我拉紧了宋妈的衣角。

"好嘛！"有人说话了，"他妈的，这倒方便，就在草堆里窝赃呀！"

"小子不是做贼的模样儿呀！人心大变啦！好人坏人看不出

来啦!"

一群人过来了,我很害怕,怕看见他,但是到底看见了,他的头低着,眼睛望着地下,手被白绳子捆上了,一个巡警牵着。我的手满是汗。

在他的另一边,我又看见一个人,就是那个在槐树下跟我要铜佛的男人!他手里好像还拿着两个铜佛。

"就是那个便衣儿破的案,他在这儿守了好几天了。"有人说。

"哪个是便衣儿?"有人问。

"就是那个戴草帽儿的呀!手里还拿着贼赃哪!说是一个小姑娘给点引的路才破了案……"

我慢慢躲进大门里,依在妈妈的身边,很想哭。

宋妈也抱着珠珠进来了,人们已经渐渐地散去,但还有的一直追下去看。妈妈说:

"小英子,看见这个坏人了没有?你不是喜欢做文章吗?将来你长大了,就把今天的事儿写一本书,说一说一个坏人怎么做了贼,又怎么落得这么个下场。"

"不!"我反抗妈妈这么教我!

我将来长大了是要写一本书的,但绝不是像妈妈说的这么写。我要写的是:

"我们看海去。"

兰姨娘

一

从早上吃完点心起,我就和二妹分站在大门口左右两边的门墩儿上,等着看"出红差"的。这一阵子枪毙的人真多。除了土匪强盗以外,还有闹革命的男女学生。犯人还没出顺治门呢,这条大街上已经挤满了等着看热闹的人。

今天枪毙四个人,又是学生。学生和土匪同样是五花大绑坐在敞车上,但是他们的表情不同。要是土匪就热闹了,身上披着一道又一道从沿路绸缎庄要来的大红绸子,他们早喝醉了,嘴里喊着:

"过十八年又是一条好汉!"

"没关系,脑袋掉了碗大的疤瘌!"

"哥儿几个,给咱们来个好儿!"

看热闹的人跟着就应一声:

"好!"

是学生就不同了,他们总是低头不语,群众也起不了劲儿,只默默地拿可怜的眼光看他们。我看今天又是枪毙学生,就想起这几天

妈妈的忧愁,她前天才对爸爸说:

"这些日子,风声不好,你还留德先在家里住,他总是半夜从外面慌慌张张地跑来,怪吓人的。"

爸爸不在乎,他伸长了脖子,用客家话反问了妈一句:

"惊么该?"

"别说咱们来往的客人多,就是自己家里的孩子佣人也不少,总不太好吧?"

爸爸还是瞧不起地说:

"你们女人懂什么?"

我站在门墩儿上,看着一车又一车要送去枪毙的人,都是背了手不说话的大学生,不知怎么,便把爸妈所谈的德先叔联想起来了。

德先叔是我们的同乡,在北京大学读书,住在沙滩附近的公寓里,去年开同乡会跟爸认识的。爸很喜欢他,当做自己的弟弟一样。他能喝酒、爱说话,和爸很合得来,两个人只要一碟花生米、一盘羊头肉、四两烧刀子,就能谈到半夜。妈妈常在背地里用闽南语骂这个一坐下就不起身的客人:"长屁股!"

半年以前的一天晚上,他慌慌张张地跑来我们家,跟爸用客家话谈着。总是为一件很要命的事吧,爸把他留在家里住了。从此他就在我们家神出鬼没的,爸却说他是一个了不起的新青年。

我是大姐,从我往下数,还有三个妹妹、一个弟弟,除了四妹还不会说话以外,我敢说我们几个人都不喜欢德先叔,因为他不理我们,这是第一个原因。还有就是他的脸太长,戴着大黑框眼镜,我不喜欢这种脸。再就是,他来了,妈要倒霉,爸要妈添菜,还说妈烧不好客家菜,酿豆腐味儿淡啦!白斩鸡不够嫩啦!有一天妈高高兴兴烧了一道她自己的家乡菜,爸爸吃着明明是好,却对德先叔说:

"他们福佬人就知道烧五柳鱼!"

凭了这些,我也要站在妈妈这一头儿。德先叔每次来,我对他都冷冷的,故意做出看不起他的样子,其实他并不注意。

虽然这样,看着过出差的,心里竟不安起来,仿佛这些要枪毙的学生,跟德先叔有什么关系似的,还没等过完,我就跑回家里问妈:

"妈!德先叔这几天怎么没来?"

"谁知道他死到哪儿去了!"妈很轻松地回答。停一下,她又奇怪地问我:"你问他干吗?不来不是更好吗?"

"随便问问。"说完我就跑了,我仍跑回门外大街上去,刚才街上的景象全没有了,恢复了这条街每天上午的样子。卖切糕的,满身轻快地推着他的独轮车,上面是一块已经冷了的剩切糕,孤零零地插在一根竹签上。我的两个门牙刚掉,卖切糕的问我买不买那块剩切糕,我摇摇头,他开玩笑说:

"对了,大小姐,你吃切糕不给钱,门牙都让人摘了去啦!"

我使劲闭着嘴瞪他。

到了黄昏,虎坊桥大街另是一种样子啦!对街新开了一家洋货店,门口坐满了晚饭后乘凉的大人小孩,正围着一个装了大喇叭的话

匣子,放的是"百代公司特请谭鑫培老板唱洪羊洞",唱片发出沙沙的声音,针头该换了。二妹说:

"大姐,咱们过去等着听洋大人笑去。"我们俩刚携起手跑,我又看见从对街那边,正有一队光头的人,向马路这边走来,他们穿着月白竹布褂、黑布鞋,是富连成科班要到广和楼去上夜戏。我对二妹说:

"看,什么来了!咱们还是回来数烂眼边儿吧!"

我和二妹回到自己家门口,各骑在一个门墩儿上,静等着,队伍过来了,打头领队的个子高大,后面就是由小到大排下去。对街"洋大人笑"开始了,在"哈哈哈"的伴奏中,我每看队伍里过一个红烂着眼睛的孩子,就大喊一声:

"烂眼边儿!"

二妹说:"一个!"

我再说:"烂眼边儿!"

二妹说:"两个!"

烂眼边儿,三个!烂眼边儿,四个!……今天共得十一个。富连成那些学戏的小孩子,比我们大不了多少,我们喊烂眼边儿,他们连头也不敢斜一斜,默默地向前走,大褂的袖子,老长老长,走起路来,甩搭甩搭的,都像傻子。

我们正数得高兴,忽然一个人走近我的面前来,"嘿"的一声,吓我一跳,原来是施家的小哥,他也穿着月白竹布大褂。他很了不起地问我:

"英子,你爸妈在家吗?"

我点点头。

他朝门里走,我们也跟进去,问他什么事,他理也不理我们,我准知道他找爸妈有要紧的事。一进卧室的门,爸妈正在谈什么,看见小哥进来,他们仿佛愣了一下。小哥上前鞠躬,然后像背书一样地说:

"我爸叫我来跟林阿叔林阿婶说,如果我家兰姨娘来了,不要留她,因为我爸把她赶出去了。"

这时妈走到通澡房的门口,我听见里面有哗啦哗啦的水声。爸点点头说:

"好,好,回去告诉你爸爸,放心就是了。"

小哥又一深鞠躬告退,还是那么正正经经,看也不看我们一眼。小哥走后,爸爸苏苏地喝着香片茶,妈在点蚊香,两人都没说话。澡房的门打开了,呀!热气腾腾中,走出来的正是施家的兰姨娘!她是什么时候来的?她穿着一身外国麻纱的裤褂,走出来就平平衣襟,向后拢拢头发,笑眯眯地说:

"把在他们施家的一身晦气,都洗刷净啦!好痛快!"

妈说:

"小哥刚才来了,你知道吧?"

"怎么不知道!"兰姨娘眉毛一挑,冷笑说:"说什么?他爸把我赶出来了?怪不错的!我要走,大少奶奶还直说瞧她面子算了呢!这会儿又成了他赶我的啰!啧啧啧!"她的嘴直撇,然后又说:"别人留我不留,他也管得了?拦得住?——走,秀子,跟我到前院去,叫你们家宋妈给我煮碗面吃。"说着她就拉着二妹的手走出去了。爸爸一直微笑地看着兰姨娘,伸长了脖子,脚下还打着拍子。

妈脸上一点笑容都没有,兰姨娘出去了,她才站在桌子前,冲着爸的后背说:

"施大哥还特意打发小哥来说话,怎么办呢?"

"惊么该?"爸的脑袋挺着。

"怕什么?你总是招些惹事的人来!好容易这几天神出鬼没的德先没来,你又把人家下堂的姨太太留下了,施大哥知道了怎么说呢?"

"你平常跟她也不错,你好意思拒绝她吗?而且小哥迟来了一步,是她先进门的呀!"

这时候兰姨娘进来了,爸妈停止了争论,妈没好气地叫我:

"英子,到对门药铺给我买包豆蔻来,钱在抽屉里。"

"林太太,你怎么,又胃疼啦?林先生,准又是你给气的吧?"兰姨娘说完笑嘻嘻的。

我从抽屉里拿了三大枚,心里想着:豆蔻嚼起来凉酥酥的,很有意思。兰姨娘在家里住下多好!她可以常常带我到城南游艺园去,大戏场里是雪艳琴的《梅玉配》,文明戏场里是张笑影的《锯碗丁》,大鼓书场里是梳辫子的女人唱大鼓,还要吃小有天的冬菜包子。我一边跑出去,一边高兴地想,眼里满都是那锣鼓喧天的欢乐场面。

二

兰姨娘在我们家住了一个礼拜了,家里到处都是她的语声笑影。爸上班去了,妈到广安市场买菜去了,她跟宋妈也有说有笑的。她把施家老伯伯骂个够,先从施伯伯的老模样儿说起,再说他的吝啬、他的刻薄、他的不通人情,然后又小声和宋妈说些什么,她们笑得吱吱喳喳的,奶妈高兴得眼泪都挤出来了。

兰姨娘圆圆扁扁的脸儿,一排整整齐齐的白牙,我最喜欢她左边那颗镶金的牙,笑时左嘴角向上一斜,金牙就很合适地露出来。左嘴巴还有一处酒窝,随着笑声打漩儿。

她的麻花髻梳得比妈的元宝髻俏皮多了,看她把头发拧成两股,一来二去就盘成一个髻,一排茉莉花总是清幽幽、半弯身地卧在那髻旁。她一身轻俏,掖在右襟上的麻纱手绢,一朵白菊花似的贴在那里。跟兰姨娘坐一辆洋车上很舒服,她搂着我,连说:"往里靠,往里靠。"不像妈,黑花丝葛的裙子里,年年都装着一个大肚子。跟妈坐一辆洋车,她的大肚子把我顶得不好受,她还直说:"别挤我行不行!"现在妈又大肚子了。

有了兰姨娘,妈做家事倒也不寂寞,她跟妈有诉说不尽的心事,奶妈,张妈,都喜欢靠拢来听,我也"小鱼上大串儿"地挤在大人堆里,仰头望着兰姨娘那张有表情的脸。她问妈说:

"林太太,你生英子时几岁?"

"才十六岁。"妈说。

兰姨娘笑了：

"我开怀也只十六岁。"

"什么开怀？"我急着问。

"小孩子别乱插嘴！"妈叱责我，又向兰姨娘说，"当着孩子说话要小心，英子鬼着呢，会出去乱说。"

兰姨娘叹了口气：

"我十四岁从苏州被人带进了北京，十六岁那什么，四年见识了不少人，二十岁到底还是跟了施大这个老鬼……"

"施大哥今年到底高寿了？"妈打岔问。

"管他多大！六十、七十、八十，反正老了，老得很！"

"我记得他是六十——六十几来着？"妈还是追问。

"他呀，"兰姨娘噗哧笑了，看看我，"跟英子一般大，减去一个甲子，才八岁！"

"你倒也跟了他五年了，你今年不是二十五岁了么？"

"别看他六十八岁了，硬朗着呢！再过下去，我熬不过他，他们一家人对付我一个人，我还有几个五年好活！我不愿意把年轻的日子埋在他们家。可是，四海茫茫，我出来了，又该怎么样呢？我又没有亲人，苏州城里倒有一个三岁就把我卖了的亲娘，她住在哪条街上，我也记不得了呀！就记得那屋里有一盏油灯，照着躺在床上的哥哥，他病了，我娘坐在床边哭，应该就是为了这病哥哥才把我卖的吧！想起来梦似的,也不知道是我乱想的,还是真的……"

兰姨娘说着,眼里闪着泪光,是她不愿意哭出来吧,嘴上还勉强笑着。

妈不会说话,笨嘴拙舌的,也不劝劝兰姨娘。我想到去年七月半在北海看烧法船的时候,在人群里跟妈撒开了手,还急得大哭呢,一个人怎么能没有妈?三岁就没了妈,我也要哭了,我说:

"兰姨娘,就在我们家住下,我爸爸就爱留人住下,空房好几间呢!"

"乖孩子,好心肠,明天书念好了当女校长去,别嫁人,天底下男人没好的!要是你爸妈愿意,我就跟你们家住一辈子,让我拜你妈当姐姐,问她愿意不愿意?"兰姨娘笑着说。

"妈愿意吧?"我真的问了。

"愿——意呀!"妈的声音好像在醋里泡过,怎么这么酸!

我可是很开心,如果兰姨娘能够好久好久地停留在我们家的话。她怎么也说我要当女校长呢?有一次,我站在对街的测字摊旁看热闹,测字的先生忽然从他的后领里抽出一把折扇,指着我对那些要算命的人说:"看见没有?这个小姑娘赶明儿能当女校长,她的鼻子又高又直,主意大着呢!有男人气。"兰姨娘的话,测字先生的话,让人听了都舒服得很,使我觉得自己很了不起。

爸对兰姨娘也不错,那天我跟着爸妈到瑞蚨祥去买衣料,妈高高兴兴地为我和弟弟、妹妹们挑选了一些衣料之后,爸忽然对我说:

"英子,你再挑一件给你兰姨娘,你知道她喜欢什么颜色的吗?"

"知道知道,"我兴奋得很,"她喜欢一件蛋青色的印度绸,镶上一道黑边儿,再压一道白芽儿,……"我比手画脚说得高兴,一回头看见坐在玻璃柜旁的妈,妈正皱着眉头在瞪我。伙计早把深深浅浅的绸子捧来好几匹,爸挑了一色最浅的,低声下气地递到妈面前说:

"你看看这料子还好吗? 是真丝的吗?"

妈绷住脸,抓起那匹布的一端,大把地一攥,拳头紧紧的,像要把谁攥死。手松开来,那团绸子也慢慢散开,满是皱痕,妈说:

"你看好就买吧,我不懂!"

我也不懂妈为什么忽然跟爸生气,直到有一天,在那云烟缭绕的鸦片烟香中,我才闻出那味道的不对。

那个做九六公债的胡伯伯,常来我家打牌,他有一套烟具摆在我们家,爸爸有时也躺在那里陪胡伯伯玩两口。

兰姨娘很会烧烟,因为施伯伯也是抽大烟的。是要吃晚饭的时候了,爸和兰姨娘横躺在床上,面对面,枕着荷叶边的绣花枕头,上面是妈绣的拉锁牡丹花,中间那份烟具我很喜欢,像爸给我从日本带回来的一盒玩具。白铜烟盘里摆着小巧的烟灯,冒着青黄的火苗,兰姨娘用一根银签子从一个洋钱形的银盒里挑出一撮烟膏,在烟灯上烧得嗞嗞地响,然后把烟泡在她那红红的掌心上滚滚,就这么来回烧着滚着,烧好了插在烟枪上,把银签子抽出来,中间正是个小洞口。烟枪递给爸,爸噏着嘴,对着灯火苏苏地抽着。我坐在小板凳上看兰姨

娘的手看愣了,那烧烟的手法,真是熟巧。忽然,在喷云吐雾里,兰姨娘的手被爸一把捉住了,爸说:

"你这是朱砂手,可有福气呢!"

兰姨娘用另一只手把爸的手甩打了一下,抽回手去,笑瞪着爸爸:

"别胡闹!没看见孩子?"

爸也许真的忘记我在屋里了,他侧抬起头,冲我不自然地一笑,爸的那副嘴脸!我打了一个冷战,不知怎么,立刻想到妈。我站起来,掀起布帘子,走出卧室,往外院的厨房跑去,我不知道为什么要在这时候找母亲,跑到厨房,我喊了一声:"妈!"背手倚着门框。

妈站在大炉灶前,头上满是汗,脸通红,她的肚子太大了,向外挺着,挺得像要把肚子送给人!锅里油热了,冒着烟,她把菜倒在锅里,才回过头来不耐烦地问我:

"干吗?"我回答不出,直着眼看妈的脸,她急了,又催我:"说话呀!"

我被逼得找话说,看她呱呱呱地用铲子敲着锅底,把炒熟的菜装在盘子里,那手法也是熟巧的,我只好说:

"我饿了,妈。"

妈完全不知道刚才的那一幕使我多么同情她,她只是骂我:

"你急什么?吃了要去赴死吗?"她扬起锅铲赶我,"去去去,热得很,别在我这儿捣乱!"

在我的泪眼中,妈妈的形象模糊了,我终于"哇"的一声哭了出来。宋妈把我一把拉出了厨房,她说什么?"一点儿都不知道心疼你妈,看这么大热天,这么大肚子!"

我听了跳起脚来哭。

兰姨娘也从里院跑出来了,她说:

"刚才不是还好好的吗?这会工夫怎么又捣乱捣到厨房来啦!"

妈说:

"去叫她爸爸来揍她!"

天快黑了,我被围在家中女人们的中间,她们越叫我吃饭,我越伤心;她们越说我不懂事,我越哭得厉害。

在杂乱中,我忽然看见一个白色的影子从我身旁擦过,是——是多日不见的德先叔,他连看都不看我一眼,直往里院走。看着他那轻飘飘白绸子长衫的背影,我咬起牙,恨一切在我眼前的人,包括德先叔在内。

三

第二天早晨,我是全家最迟起来的人,醒来我还闭着眼睛想,早点是不是应当继续绝食下去?昨天抽大烟闹朱砂手的事,给我的不安还没有解开,它使我想到几件事:我记得妈跟别人说过,爸爸在日本吃花酒,一家挨一家,吃一整条街,从天黑吃到天亮,妈就在家里守到天亮，等着一个醉了的丈夫回来。我又记得我们住在城里时，每次到城南游艺园听夜戏回来，车子从胭脂胡同、韩家潭穿过时，宋妈总会把我从睡梦中推醒："醒醒，醒醒，大小姐！看，多亮！"我睁开眼，原来正经过辉煌光亮的胡同，各家门前挂着围了小电灯扎彩的镜框，上面写着什么"弟弟""黛玉""绿琴"等等字样，奶妈跟我说过，兰姨娘没到施伯伯家以前，也是在这种地方住。她们是刮男人的钱、毁男人的家的坏东西！因为这，所以一看到爸和兰姨娘那样的事，觉得使妈受了委屈，使我们都受了委屈。把原来喜欢兰姨娘的心，打了大大的折扣，我又恨，又怕。

我起床了，要到前院去，经过厢房时，一晃眼看见兰姨娘正在窗前的桌上摸骨牌，玩她的过五关斩六将，我装着没看见，直走过去，因为心中还恨恨的。

"英子！"兰姨娘隔着窗子在叫我。

我不得不进屋了，兰姨娘推开桌上的骨牌，站起来拉着我的手，温柔地说：

"看你这孩子，昨天一晚上把眼睛都哭肿了，饭也没吃。"她抚摩着我的头发，我绷着劲儿，一点笑容都没有。她又说：

"别难过，后天就是七月十五了，你要提什么样的莲花灯，兰姨娘给你买。"

我摇摇头，她又自管自地接着说：

"你不是说要特别花样的吗？我帮你做个西瓜灯，好哦？要把瓜吃空了,皮削脱,剩薄薄格一层瓢子,里面点上灯,透明格,蛮有趣。"

兰姨娘话说多了,就不由得带了她家乡的口音,轻轻软软,多么好听!我被她说得回心转意了,点点头。

她见我答应了也很高兴,忽然又闲话问我:

"昨天跟你爸瞎三话四,讲到半夜的那只四眼狗是什么人?"

"四眼狗?"我不懂。

兰姨娘淘气地笑了,她用手掌从脸上向下一抹,手指弯成两个圈,往眼睛上一比:

"喏!就是这个人呀!"

"啊——那是我德先叔。"

这时,不知是什么心情,忽然使我站在德先叔这一边了,我有意把德先叔叫得亲热些,并且说:

"他是很有学问的,所以要戴眼镜。他在北京大学念书,爸说,他是顶、顶、顶新的新青年,很了不起!"我挑着大拇指说,很有把兰姨娘卑贱的身份更压下去的意思。

"原来是大学生呀!"兰姨娘倒也缓和了,"那么就是你妈说过,常住在你们家躲风声的那个大学生啰?"

"是。"

"好,"兰姨娘点点头笑着说,"你爸爸的心眼儿蛮好的,三六九等的人都留下了。"

我从兰姨娘的屋里出来,就不由得往前院德先叔住的南屋走去。

我有权利去,因为南屋书桌抽屉里放着我的功课,我的小布人儿,我的"儿童世界",德先叔正占用那书桌,我走进去就不客气地拉开书桌抽屉,翻这翻那,毫无目的。他被我在他身旁闹得低下头来看。我说:

"我的小刀呢?剪子呢?兰姨娘要给我做西瓜灯哪!"

"那个兰姨娘是你家什么人?我以前怎么没见过?"我多么高兴兰姨娘引起他的注意了。

"德先叔,你说那个兰姨娘好看不好看?"

"我不知道,我没看清楚。"

"她可看清楚你了,她说,你的眼睛很神气,戴着眼镜很有学问。"我想到"四眼狗",简直不敢正眼朝他脸上看,只听见他说:

"哦?——哦?"

吃午饭的时候,德先叔的话更多了,他不那样旁若无人地总对爸一个人说话了,也不时转过头向兰姨娘表示征求意见的样子,但是兰姨娘只顾给我夹菜,根本不留神他。

下午,我又溜到兰姨娘的屋里。我找个机会对兰姨娘说:

"德先叔夸你哩!"

"夸我?夸我什么呀?"

"我早上到书房去找剪刀,他跟我说:'你那个兰姨娘,很不错呀!'"

"哟!"兰姨娘抿着嘴笑了,"他还说什么?"

"他说——他说,他说你像他的一个女同学。"我瞎说。

"那——人家是大学堂的,我怎么比得了!"

晚饭桌上,兰姨娘就笑眯眯的了,跟德先叔也搭搭话。爸更高兴,他说:

"我这个人就是喜欢帮助落难的朋友,别人不敢答应的事,我不怕!"说着,他就拍拍胸脯。爸酒喝得够多,眼睛都红了,笑嘻嘻斜乜着眼看兰姨娘。妈的脸色好难看,站起来去倒茶,我的心又冷又怕,好像和妈妈被丢在荒野里。

我整日守着兰姨娘,不让她有一点点机会跟爸单独在一起。德先叔这次住在我们家倒是很少出去,整天待在屋里发愣,要不就在院子里晃来晃去的。

七月十五日的下午,兰姨娘的西瓜灯完成了。一吃过晚饭,天还没有黑,我就催着兰姨娘、宋妈,还有二妹,点上自己的灯到街上去,也逛别人的灯。临走的时候,我跑到德先叔的屋里,我说:

"我和兰姨娘去逛莲花灯,您去不去?我们在京华印书馆大楼底下等您!"说完我就跑了。

行人道上挤满了提灯和逛灯的人,我的西瓜灯很新鲜,很引人注意。但是不久我们就和宋妈、二妹她们走散了,我牵着兰姨娘的手,一直往西去,到了京华印书馆的楼前停下来,我假装找失散的宋妈她们,其实是在盼望德先叔。我在附近东张西望一阵没看见,失望地回到楼前来,谁知道德先叔已经来了,他正笑眯眯地跟兰姨娘点头,兰

姨娘有点不好意思,也点头微笑着。德先叔说:

"密斯黄,对于民间风俗很有兴趣。"

兰姨娘仿佛很吃惊,不自然地说:

"哪里,哄哄孩子!您,您怎么知道我姓黄?"

我想兰姨娘从来没有被人叫过"密斯黄"吧,我知道,人家没结过婚的女学生才叫"密斯",兰姨娘倒也配!我不禁撇了一下嘴,心里真不服气,虽然我一心想把兰姨娘跟德先叔拉在一起。

"我听林太太讲起过,说密斯黄是一位很有志气的,敢向恶劣环境反抗的女性!"德先叔这么说就是了,我不信妈这样说过,妈根本不会说这样的话。

这一晚上,我提着灯,兰姨娘一手紧紧地按在我的肩头上,倒像是我在领着一个瞎子走夜路。我们一路慢慢走着,德先叔和兰姨娘中间隔着一个我,他们在低低地谈着,兰姨娘一笑就用小手绢捂着嘴。

第二天我再到德先叔屋里去,他跟我有的是话说了,他问我:

"你兰姨娘都看些什么书,你知道吗?"

"她正在看《二度梅》,你看过没有?"

德先叔难得向我笑笑,摇摇头,他从书堆里翻出一本书递给我说:"拿去给她看吧。"

我接过来一看,书面上印着:《易卜生戏剧集·傀儡家庭》。

第三天,我给他们传递了一次纸条。第四天我们三个人去看了一次电影,我看不懂,但是兰姨娘看了当时就哭得欷欷的,德先叔递给她手绢擦,那电影是李丽吉舒主演的《二孤女》。第五天我们走得更远,到了三贝子花园。

从三贝子花园回来,我兴奋得不得了,恨不得飞回家,飞到妈的身边告诉她,我在三贝子花园畅观楼里照哈哈镜玩时,怎样一回头看见兰姨娘和德先叔手拉手,那副肉麻相!而且我还要全部告诉妈!但是回到家里,卧室的门关了,宋妈不许我进去,她说:

"你妈给你又生了小妹妹!"

直到第二天,我才溜进去看,小妹妹瘦得很,白苍苍的小手,像鸡爪子,可是那接生的产婆山田太太直夸赞,她来给妹妹洗澡,一打开小被包,露出妹妹的鸡爪子,她就用日本话拉长了声说:

"可爱イネ——!可爱イネ——!"(可爱呀!可爱呀!)

妈端着一碗香喷喷的鸡酒煮挂面,望着澡盆里的小肉体微笑着。她没注意到我正在床前的小茶几旁打转。我很喜欢妈生小孩子。因为可以跟着揩油吃些什么,小茶几上总有鸡酒啦、奶粉啦、黑糖水啦,我无所不好。但是我今天更兴奋的是,心里搁着一件事,简直是非告诉她不可啦!

妈一眼看见我了:

"我好像好几天都没看见你了,你在忙什么呢?这么热的天,又野跑到哪儿去了?"

"我一直在家里,您不信问兰姨娘好了。"

"昨天呢?"

"昨天——"

我也学会了鬼鬼祟祟,挤到妈床前,小声说:"兰姨娘没告诉您吗?我们到三贝子花园去了。妈,收票的大高人,好像更高了,我们三个人还跟他合照了一张相呢,我只到那人这里……"

"三个人?还有一个是谁?"

"您猜。"

"左不是你爸爸!"

"您猜错了。"看妈的一副苦相,我想笑,我不慌不忙地学着兰姨娘,用手掌从脸上向下一抹,然后用手指弯成两个圈往眼睛上一比,我说:

"喏!就是这个人呀!"

妈皱起眉头在猜:

"这是谁?难道?难道是——"

"是德先叔。"我得意地摇晃着身体,并且拍拍我的新妹妹的小被包。

"真的?"妈的苦相没了,又换了一副急相,"到底是怎么回事?你说,你从头儿说。"

我从四眼狗讲到哈哈镜,妈听我说得出了神,她怀中的瘦鸡妹妹早就睡着了,她还在摇着。

"都是你一个人捣的鬼!"妈好像责备我,可是她笑得那么好看。

"妈，"我有好大的委屈，"您那天还要叫爸揍我呢！"

"对了，这些事你爸知道不？"

"要告诉他么？"

"这样也好。"妈没理我，她低头呆想什么，微笑着自言自语地说。然后她又好像想起了什么，抬起头来对我说：

"你那天说要买什么来着？"

"一副滚铁环，一双皮鞋，现在我还要加上订一整年的《儿童世界》。"我毫不迟疑地说。

四

爸正在院子里浇花，这是他每天的功课，下班回家后，他换了衣服，总要到花池子花盆前摆弄好一阵子。那几盆石榴，春天爸给施了肥，满院子的麻渣臭味，到五月，火红的花朵开了，现在中秋了，肥硕的大石榴都裂开了嘴向爸笑！但是今天爸并不高兴，他站在花前发呆。我看爸瘦瘦高高，穿着白纺绸裤褂的身子，晃晃荡荡的，显得格外的寂寞，他从来没有这样过。

宋妈正在开饭，她一趟趟地往饭厅里运碗运盘，今天的菜很丰富，是给德先叔和兰姨娘送行。

我正在屋里写最后的大字。今年暑假过得很快乐，很新奇，可是暑假作业全丢下没有做，这个暑假没有人管我了。兰姨娘最初还催着我写九宫格,后来她只顾得看《傀儡家庭》了,就懒得理我的功课。九宫格里填满了我的潦草的墨迹,一张又一张的,我不像是学字,比鬼画符还难看。我从窗子正看到爸的白色的背影,不由得停下了笔,不知怎么,心里觉得很对不起爸。

我很纳闷儿,德先叔和兰姨娘是怎么跟爸提起他们要一起走的事呢?我昨天晚上要睡觉时一进屋,只听到爸对妈说:

"……我怎么一点儿都不知道?"

我不知道爸说的是什么事,所以起初没注意,一边换衣服一边想我自己的事;还有两天就开学了,明天可该把大字补写出来了,可是一张九个字,十张九十个字,四十张三百六十个字,让我怎么赶呀!还是求求兰姨娘给帮忙吧。这时我又听见妈说:

"这种事怎么能教你知道了去!哼!"妈冷笑了一下。

"那么你知道?"

"我?我也不知道呀!德先是怎么跟你提起的?"

"他先是说,这些日子风声又紧了,他必得离开北京,他打算先到天津看看,再坐船到上海去。随后他又说:'我有一件事要告诉大哥的,密斯黄预备和我一起走。'……"我这时才明白是讲的什么事,好奇地仔细听下去。

"哼!你听德先讲了还不吃一惊!"妈说。

"惊么该!"爸不服气,"不过出乎意料就是了,你真一点都不知道,一点都没看出来?"

"我从哪儿知道呢?"妈简直瞎说!停了一下妈又说:"平常倒也仿佛看出有那么点儿意思。"

"那为什么不跟我说?"

"哟!跟你说,难道你还能拦住人家不成,我看他们这样很不错。"

"好固然好,可是我对于德先这种偷偷摸摸的行为不赞成。"

妈听了从鼻子里笑了一声,一回头看见了我,就骂我:

"小孩子听什么!还不睡去!"

爸坐在那儿,两腿交叠着,不住地摇,我真想上前告诉他,在三贝子花园门口合照的相,德先叔还在上面题了字——"相逢何必曾相识",兰姨娘给我讲了好几遍呢!可是我怕说出来爸会骂我,打我。我默默地爬上床,躺下去,又听妈说:

"他们决定明天就走吗?那总得烧几样菜送送他们吧?"

"随便你吧!"

我再没听到什么了,心里只觉得舍不得兰姨娘,眼睛勉强睁开又闭上了。梦里还在写大字,兰姨娘按着我的右肩头,又仿佛是在逛灯的那晚上,我想举笔写字,她按得紧,抬不起手,怎么也写不成……

可是现在我正一张一张地写,终于在晚饭前写完了,我带着一嘴的黑胡子和黑手印上了饭桌,兰姨娘先笑了:

"你的大字倒刷好了?"

我今天挨着兰姨娘坐,心中真觉得舍不得,妈直让酒,向兰姨娘和德先叔说：

"你们俩一路顺风！"

爸不用人让，把自己灌得脸红红的，头上的青筋一条条像蚯蚓一样的暴露着，他举着酒杯伸出头，一直伸到兰姨娘的脸面，兰姨娘直朝后闪躲，嘴里说：

"林先生，你别再喝了，可喝不少了。"

爸忽然又直起身子来，做出老大哥的神气，醉言醉语地说：

"我这个人最肯帮朋友的忙，最喜欢成全朋友，是不是？德先，你可得好好待她哟！她就像我自家的妹子一样哟！"爸又转过头来向兰姨娘说："要是他待你不好，你尽管回到我这里来。"兰姨娘娇羞地笑着，就仿佛她是十八岁的大姑娘刚出嫁。

宋妈在旁边伺候，也笑眯着，用很新鲜的眼光看兰姨娘。同时还把洒了双妹花露水的毛巾，一回又一回地送给爸爸擦脸。

马车早就叫来停在大门口了。我们是全家上下在门口送行的，连刚满月的小妹妹都抱出大门口见风了。

黄昏的虎坊桥大街很热闹，来来往往的，眼前都是人，也有邻居围在马车前等着看新鲜，宋妈早就告诉人家了吧！

兰姨娘换了一个人，她的油光刷亮的麻花髻没有了，现在头发剪的是华伦王子式！就跟我故事书里画的一样：一排头发齐齐地齐着眉毛，两边垂到耳朵边。身上穿的正是那件蛋青绸子旗袍，做成长身坎肩另接两只袖子样式的，脖子上围一条白纱，斜斜地系成一个大蝴蝶结,就跟在女高师念书的张家三姨打扮得一样!

她跟爸妈说了多少感谢的话,然后低下身来摸着我的脸说:

"英子,好好地念书,可别像上回那么招你妈生气了,上三年级可是大姑娘啰!"

我想哭,也想笑,不知什么滋味,看兰姨娘德先叔同进了马车,隔着窗子还跟我们招手。

那马车越走越远越快了,扬起一阵滚滚灰尘,就什么也看不清了。我仰头看爸爸,他用手摸着胸口,像妈每次生了气犯胃病那样,我心里只觉得有些对爸不起,更是同情。我轻轻推爸爸的大腿,问他:

"爸,你要吃豆蔻吗?我去给你买。"

他并没有听见,但冲那远远的烟尘摇摇头。

驴打滚儿

换绿盆儿的，用他的蓝布掸子的把儿，使劲敲着那个两面釉的大绿盆说：

"听听！你听听！什么声儿！哪找这绿盆儿去，赛江西瓷！您再添吧！"

妈妈用一堆报纸、三双旧皮鞋、两个破铁锅要换他的四只小板凳、一块洗衣服板；宋妈还要饶一个小小绿盆儿，留着拌黄瓜用。

我呢，抱着一个小板凳不放手。换绿盆儿的嚷着要妈妈再添东西。一件旧棉袄、两叠破书都加进去了，他还说：

"添吧，您。"

妈说："不换了！"叫宋妈把东西搬进去，我着急买卖不能成交，凳子要交还他，谁知换绿盆儿的大声一喊：

"拿去吧！换啦！"他挥着手垂头丧气地说："唉！谁让今儿个没开张哪！"

四个小板凳就摆在对门的大树阴底下，宋妈带着我们四个人——我、珠珠、弟弟、燕燕——坐在新板凳上讲故事。燕燕小，挤在宋妈的身边，半坐半靠着，吃她的手指头玩。

"你家小栓子多大了？"我问。

"跟你一般儿大,九岁啰!"

小栓子是宋妈的儿子。她这两天正给我们讲她老家的故事;地里的麦穗长啦,山坡的青草高啦,小栓子摘了狗尾巴花扎在牛犄角上啦!她手里还拿着一只厚厚的鞋底,用粗麻绳纳得密密的,是给小栓子做的。

"那么他也上三年级啦?"我问。

"乡下人有你这好命儿?他成年价给人看牛哪!"她说着停了手里的活儿,举起锥子在头发里划几下,自言自语地说:"今年个,可得回家看看了,心里老不顺序。"她说完愣愣的,不知在想什么。

"那么你家丫头子呢?"

其实丫头子的故事我早已经知道了,宋妈讲过好几遍。宋妈的丫头子和弟弟一样,今年也四岁了。她生了丫头子,才到城里来当奶妈,一来就到我们家,做了弟弟的奶妈。她的奶水好,弟弟吃得又白又胖。她的丫头子呢,就在她来我家试妥了工以后,让她的丈夫抱回乡下去给人家奶去了。我问一次,她讲一次,我也听不腻就是了。

"丫头子呀,她花钱给人家奶去啦!"宋妈说。

"将来还归不归你?"

"我的姑娘不归我?你归不归你妈?"她反问我。

"那你为什么不自己给奶?为什么到我家当奶妈?为什么你赚的钱又给了人家去?"

"为什么?为的是——说了你也不懂,俺们乡下人命苦呀!小栓子他爸爸没出息，动不动就打我，我一狠心就出来当奶妈自己赚钱！"

我还记得她刚来的那一天，是个冬天，她穿着大红棉袄，里子是白布的，油亮亮的很脏了。她把奶头塞到弟弟的嘴里，弟弟就咕嘟咕嘟地吸呀吸呀，吃了一大顿奶，立刻睡着了，过了很久才醒来，也不哭了。就这样留下她当奶妈的。

过了三天，她的丈夫来了，拉着一匹驴，拴在门前的树干上。他有一张大长脸，黄板儿牙，怎么这么难看！妈妈下工钱了，折子上写着：一个月四块钱、两副银首饰、四季衣裳、一床新铺盖，过一年零四个月才许回家去。

穿着红棉袄的宋妈，把她的小孩子包裹在一条旧花棉被里，交给她的丈夫。她送她的丈夫和孩子出来时，哭了，背转身去掀起衣襟在擦眼泪，半天抬不起头来。媒人店的老张劝宋妈说：

"别哭了，小心把奶憋回去。"

宋妈这才止住哭，她把钱算给老张，剩下的全给了她丈夫。她嘱咐她丈夫许多话，她的丈夫说：

"您放心吧。"

他就抱着孩子牵着驴，走远了。

到了一年四个月，黄板儿牙又来了，他要接宋妈回去，但是宋妈舍不得弟弟，妈妈又要生小孩，就把她留下了。宋妈的大洋钱，数了一大垛交给她丈夫，他把钱放进蓝布褡裢里，叮叮当当的，牵着驴又走了。

以后他就每年来两回，小叫驴拴在院子里墙犄角，弄得满地的驴粪球，好在就一天，他准走。随着驴背滚下来的是一个大麻袋，里面不是大花生，就是大醉枣，他送给老爷和太太——我爸爸和妈妈。乡下有的是。

我简直想不出宋妈要是真的回她老家去，我们家会成什么样儿？谁给我老早起来梳辫子上学去？谁喂燕燕吃饭？弟弟挨爸爸打的时候谁来护着？珠珠拉了屎谁来给擦？我们都离不开她呀！

可是她常常要提回家去的话，她近来就问了我们好几次："我回俺们老家去好不好？"

"不许啦！"除了不会说话的燕燕以外，我们齐声反对。

春天弟弟出麻疹闹得很凶，他紧闭着嘴不肯喝那芦根汤，我们围着鼻子眼睛起满了红疹的弟弟。妈说：

"好，不吃药，就叫你奶妈回去！回去吧！宋妈！把衣服，玩意儿，都送给你们小栓子、小丫头子去！"

宋妈假装一边往外走一边说：

"走啰！回家啰！回家找俺们小栓子、小丫头子去哟！"

"我喝！我喝！不要走！"弟弟可怜巴巴地张开手，要过妈妈手里的那碗芦根汤，一口气喝下了大半碗。宋妈心疼得什么似的，立刻搂抱起弟弟，把头靠着弟弟滚烫的烂花脸儿说：

"不走！我不会走！我还是要俺们弟弟，不要小栓子，不要小丫头子！"跟着，她的眼圈可红了，弟弟在她的拍哄中渐渐睡着了。

前几天,一个管宋妈叫大婶儿的小伙子来了,他来住两天,想找活儿做。他会用铁丝给大门的电灯编灯罩儿,免得灯泡儿被贼偷走。宋妈问他说:

"你上京来的时候,看见我们小栓子好吧?"

"嗯。"他好像吃了一惊,瞪着眼珠,"我倒没看见,我是打刘村我舅舅那儿来的!"

"噢。"宋妈怀着心思地呆了一下,又问:"你打你舅舅那儿来的,那,俺们丫头子给刘村的金子他妈妈着,你可听说孩子结实吗?"

"哦?"他又是一惊,"没——没听说。准没错儿,放心吧!"

停一下他可又说:

"大婶儿,您要能回趟家看看也好,三四年没回去啦!"

等到这个小伙子走了,宋妈跟妈妈说,她听了她侄子的话,吞吞吐吐的,很不放心。

妈妈安慰她说:

"我看你这侄儿不正经,你听,他一会儿打你们家来,一会儿打他舅舅家来。他自己的话都对不上,怎么能知道你家孩子的事呢!"

宋妈还是不放心,她说:

"打今年个一开年,我心里就老不顺序,做了好几回梦啦!"

她叫了算命的给解梦。礼拜那天又叫我替她写信。她老家的地名我已经背下了:顺义县牛栏山冯村妥交冯大明吾夫平安家信。

"念书多好,看你九岁就会写信,出门丢不了啦!"

"信上说什么?"我拿着笔,铺一张信纸,逗起能来。

"你就写呀,家里大小可平安?小栓子到野地里放牛要小心,别尽顾得下水里玩,我给做好了两双鞋一套裤褂。丫头子那儿别忘了到时候送钱去!给人家多道道乏。拿回去的钱前后快二百块了,后坡的二分地该赎就赎回来,省得老种人家的地。还有,我这儿倒是平安,就是惦记着孩子,赶下个月要来的时候,把栓子带来我瞅瞅也安心。还有,……"

"这封信太长了!"我拦住她没完没了的话,"还是让爸爸写吧!"

爸爸给她写的信寄出去,宋妈这几天很高兴。现在,她问弟弟说:

"要是小栓子来,你的新板凳给不给他坐?"

"给呀!"弟弟说着立刻就站起来。

"我也给。"珠珠说。

"等小栓子来,跟我一块儿上附小念书好不好?"我说。

"那敢情好,只要你妈答应让他在这儿住着。"

"我去说!我妈妈很听我的话。"

"小栓子来了,你们可别笑他呀,英子,你可是顶能笑话人!他是乡下人,可土着呢!"宋妈说的仿佛小栓子等会儿就到似的。她又看看我说:

"英子,他准比你高,四年了,可得长多老高呀!"

宋妈高兴得抱起燕燕,放在她的膝盖上。膝盖头颠呀颠的,她唱起她的歌：

"鸡蛋鸡蛋壳壳儿，里头坐个哥哥儿，哥哥出来卖菜，里头坐个奶奶，奶奶出来烧香，里头坐个姑娘，姑娘出来点灯，烧了鼻子眼睛！"

她唱着，用手扳住燕燕的小手指，指着鼻子和眼睛，燕燕笑得咯咯的。

宋妈又唱那快板儿：

"槐树槐，槐树槐，槐树底下搭戏台，人家姑娘都来到，就差我的姑娘还没来；说着说着就来了，骑着驴，打着伞，光着屁股挽着髻……"

太阳斜过来了，金黄的光从树叶缝里透过来，正照着我的眼，我随着宋妈的歌声，斜头躲过晃眼的太阳，忽然看见远远的胡同口外，一团黑在动着。我举起手遮住阳光仔细看，真是一匹小驴，嘚、嘚、嘚地走过来了。赶驴的人，蓝布的半截裃子上，蒙了一层黄土。哟！那不是黄板儿牙吗？我喊宋妈：

"你看，真有人骑驴来了！"

宋妈停止了歌声，转过头去呆呆地看。

黄板儿牙一声："窝——哦！"小驴停在我们的面前。

宋妈不说话，也不站起来，刚才的笑容没有了，绷着脸，眼直直瞅着她的丈夫，仿佛等着什么。

黄板儿牙也没说话，扑扑地掸打他的衣服，黄土都飞起来了。我看不起他！拿手捂着鼻子。他又摘下了草帽扇着，不知道跟谁说：

"好热呀!"

宋妈这才好像忍不住了,问说:

"孩子呢?"

"上——上他大妈家去了。"他又抬起脚来掸鞋,没看宋妈。他的白布的袜子都变黄了,那也是宋妈给做的。他的袜子像鞋一样,底子好几层,细针密线儿纳出来的。

我看着驴背上的大麻袋,不知道里面这回装的是什么。黄板儿牙把口袋拿下来解开了,从里面掏出一大捧烤得倍儿干的挂落枣给我,咬起来是脆的,味儿是辣的、香的。

"英子,你带珠珠上小红她们家玩去,挂落枣儿多拿点儿去,分给人家吃。"宋妈说。

我带着珠珠走了,回过头看,宋妈一手收拾起四个新板凳,一手抱燕燕,弟弟拉着她的衣角,他们正向家里走。黄板儿牙牵起小叫驴,走进我家门,他准又要住一夜。他的驴满地打滚儿,爸爸种的花草,又要被糟践了。

等我们从小红家回来,天都快黑了,挂落枣没吃几个,小红用细绳穿好全给我挂在脖子上了。

进门看见宋妈和她丈夫正在门道里。黄板儿牙坐在我们的新板凳上发呆,宋妈蒙着脸哭,不敢出声儿。

屋里已经摆上饭菜了。妈妈在喂燕燕吃饭,皱着眉,抿着嘴,又摇头又叹气,神气挺不对。

"妈,"我小声地叫,"宋妈哭呢!"

妈妈向我轻轻地摆手,禁止我说话。什么事情这样重要?

"宋妈的小栓子已经死了,"妈妈沙着嗓子对我说,她又转向爸爸,"唉!已经死了一两年,到现在才说出来,怪不得宋妈这一阵子总是心不安,一定要叫她丈夫来问问。她侄子那次来,是话里有意思的。两件事一齐发作,叫人怎么受!"

爸爸也摇头叹息着,没有话可说。

我听了也很难过,不知道另外还有一件事是什么,又不敢问。

妈妈叫我去喊宋妈来,我也感觉是件严重的事,到门道里,不敢像每次那样大声呵叱她,我轻轻地喊:

"宋妈,妈叫你呢!"

宋妈很不容易地止住抽噎的哭声,到屋里来。妈对她说:

"你明天跟他回家去看看吧,你也好几年没回家了。"

"孩子都没了,我还回去干么?不回去了,死也不回去了!"宋妈红着眼狠狠地说,并且接过妈妈手中的汤匙喂燕燕,好像这样就表示她待定在我们家不走了。

"你家丫头子到底给了谁呢?能找回来吗?"

"好狠心呀!"宋妈恨得咬着牙,"那年抱回去,敢情还没出哈德门,他就把孩子给了人,他说没要人家钱,我就不信!"

"给了谁,有名有姓,就有地方找去。"

"说是给了一个赶马车的,公母俩四十岁了没儿没女,谁知道他说的是真话假话!"

"问清楚了找找也好。"

原来是这么一回事儿,宋妈成年跟我们念叨的小栓子和丫头子,这一下都没有了。年年宋妈都给他们两个做那么多衣服和鞋子,她的丈夫都送给了谁?旧花棉被里裹着的那个小婴孩,到了谁家了?我想问小栓子是怎么死的,可是看着宋妈的红肿的眼睛,就不敢问了。

"我看你还是回去。"妈妈又劝她,但是宋妈摇摇头,不说什么,尽管流泪。她一匙一匙地喂燕燕,燕燕也一口一口地吃,但两眼却盯着宋妈看。因为宋妈从来没有这个样子过。

宋妈照样地替我们四个人打水洗澡,每个人的脸上、脖子上扑上厚厚的痱子粉,照样把弟弟和燕燕送上了床。〔只是她今天没有心思再唱她的打火连儿的歌儿了,光用扇子扑呀扑呀扇着他们睡了觉。一切都照常,不过她今天没有吃晚饭,把她的丈夫扔在门道儿里不理他。〕他呢,正用打火石打亮了火,吧嗒吧嗒地抽着旱烟袋。小驴大概饿了,它在地上卧着,忽然仰起脖子一声高叫,多么难听!黄板儿牙过去打开了一袋子干草,它看见吃的,一翻滚,站起来,小蹄子把爸爸种在花池子边的玉簪花又给踩倒了两三棵。驴子吃上干草了,鼻子一抽一抽的,大黄牙齿露着。怪不得,奶妈的丈夫像谁来着,原来是它!宋妈为什么嫁给黄板儿牙,这蠢驴!

第二天早上我起来,朝窗外看去,驴没了,地上留了一堆粪球,宋妈在打扫。她一抬头看见了我,招手叫我出去。

我跑出来,宋妈跟我说:

"英子,别乱跑,等会跟我出趟门,你识字,帮我找地方。"

"到哪儿去?"我很奇怪。

"到哈德门那一带去找找——"说着她又哭了,低下头去,把驴粪撮进簸箕里,眼泪掉在那上面,"找丫头子。"

"好。"我答应着。

宋妈和我偷偷出去的,妈妈哄着弟弟他们在房里玩。出了门走不久,宋妈就后悔了:

"应当把弟弟带着,他回头看不见我准得哭,他一时一刻也没离开过我呀!"

就是为了这个,宋妈才一年年留在我家的,我这时仗着胆子问:

"小栓子怎么死的?宋妈。"

"我不是跟你说过,冯村的后坡下有条河吗?"

"是呀,你说,叫小栓子放牛的时候要小心,不要净顾得玩水。"

"他掉在水里死的时候,还不会放牛呢,原来正是你妈妈生燕燕那一年。"

"那时候黄板——嗯,你的丈夫做什么去了?"

"他说他是上地里去了,他要不是上后坡草棚里耍钱去才怪呢!准是小栓子饿了一天找他要吃的去,给他轰出来了。不是上草棚,走不到后坡的河里去。"

"还有,你的丈夫为什么要把小丫头子送给人?"

"送了人不是更松心吗?反正是个姑娘不值钱。要不是小栓子死了!丫头子,我不要也罢。现在我就不能不找回她来,要花钱就花吧。"

宋妈说,我们从绒线胡同走,穿过兵部洼、中街、西交民巷,出东交民巷就是哈德门大街。我在路上忽然又想起一句话。

"宋妈,你到我们家来,丢了两个孩子不后悔吗?"

"我是后悔——后悔早该把俺们小栓子接进城来,跟你一块儿念书认字。"

"你要找到丫头子呢,回家吗?"

"嗯。"宋妈瞎答应着,她并没有听清我的话。

我们走到西交民巷的中国银行门口,宋妈在石阶上歇下来,过路来了一个卖吃的也停在这儿。他支起木架子把一个方木盘子摆上去,然后掀开那块盖布,在用黄色的面粉做一种吃的。

"宋妈,他在做什么?"

"啊?"宋妈正看着砖地在发愣,她抬起头来看看说,"那叫驴打滚儿。把黄米面蒸熟了,包黑糖,再在绿豆粉里滚一滚,挺香,你吃不吃?"

吃的东西起名叫"驴打滚儿",很有意思,我哪有不吃的道理!我咽咽唾沫点点头,宋妈掏出钱来给我买了两个。她又多买了几个,小心地包在手绢里,我说:

"是买给丫头子的吗?"

出了东交民巷,看见了热闹的哈德门大街了,但是往哪边走?我们站在美国同仁医院的门口。宋妈的背,汗湿透了,她提起竹布褂的两肩头抖落着,一边东看看,西看看。

"走那边吧。"她指指斜对面,那里有一排不是楼房的店铺。走过了几家,果然看见一家马车行,里面很黑暗,门口有人闲坐着。宋妈问那人说:

"跟您打听打听,有个赶马车的老大哥,跟前有一个姑娘的,在您这儿吧?"

那人很奇怪地把宋妈和我上下看了看:

"你们是哪儿的?"

"有个老乡亲托我给他带个信儿。"

那人指着旁边的小胡同说:

"在家哪,胡同底那家就是。"

宋妈很兴奋,直向那人道谢,然后她拉着我的手向胡同里走去。这是一条死胡同,走到底,是个小黑门,门虽关着,一推就开了,院子里有两三个孩子在玩土。

"劳驾,找人哪!"宋妈大声喊。

其中一个小孩子就向着屋里高声喊了好几声:

"姥姥,有人找。"

屋里出来了一位老太太,她耳朵聋,大概眼睛也快瞎了,竟没看

见我们站在门口,孩子们说话她也听不见,直到他们用手指着我们,她才向门口走来。宋妈大声地喊:

"您这院里住几家子呀?"

"啊啊就一家。"老太太用手罩着耳朵才听见。

"您可有个姑娘呀?"

"有呀,你要找孩子他妈呀?"她指着三个男孩子。

宋妈摇摇头,知道完全不对头了,没等老太太说完就说:

"找错人了!"

我们从哈德门里走到哈德门外,一共看见了三家马车行,都问得人家直摇头。我们就只好照着原路又走回来,宋妈在路上一句话也不说,半天才想起什么来,对我说:

"英子,你走累了吧? 咱们坐车好不?"

我摇摇头,仰头看宋妈,她用手使劲捏着两眉间的肉,闭上眼,有点站不稳,好像要昏倒的样子。她又问我:

"饿了吧?"说着就把手巾包打开,拿出一个刚才买的驴打滚儿来,上面的绿豆粉已经被黄米面溶湿了。我嘴里念了一声:"驴打滚儿!"接过来,放在嘴里。

我对宋妈说:

"我知道为什么叫驴打滚儿了,你家的驴在地上打个滚起来,屁股底下总有这么一堆。"我提起一个给她看,"像驴粪球不?"

我是想逗宋妈笑的,但是她不笑,只说:

"吃罢!"

半个月过去,宋妈说,她跑遍了北京城的马车行,也没有一点点丫头的影子。

树阴底下听不见冯村后坡上小栓子放牛的故事了,看不见宋妈手里那一双双厚鞋底了,也不请爸爸给写平安家信了。她总是把手上的银镯子转来转去地呆看着,没有一句话。

冬天又来了,黄板儿牙又来了,宋妈把他撂在下房里一整天,也不跟他说话。这是下雪的晚上,我们吃过晚饭挤在窗前看院子。宋妈把院子的电灯捻开,灯光照在白雪上,又平又亮。天空还在不断地落着雪,一层层铺上去。宋妈喂燕燕吃冻柿子,我念着国文上的那课叫做《下雪》的:

　　一片一片又一片,
　　两片三片四五片,
　　六片七片八九片,
　　飞入芦花都不见。

老师说,这是一个不会做诗的皇帝做的诗,最后一句还是他的臣子给接上去的。但是念起来很顺嘴,很好听。

妈妈在灯下做燕燕的红缎子棉袄,棉花撕得小小的、薄薄的,一层层地铺上去。妈妈说：

"把你当家的叫来，信是我请老爷偷着写的，你跟他回去吧，明年生了儿子再回这儿来。是儿不死，是财不散，小栓子和丫头子，活该命里都不归你，有什么办法！你不能打这儿起就不生养了！"

宋妈一声不言语，妈妈又问：

"你瞧怎么样？"

宋妈这才说：

"也好，我回家跟他算账去！"

爸爸和妈妈都笑了。

"这几个孩子呢？"宋妈说。

"你还怕我亏待了他们吗？"妈妈笑着说。

宋妈看着我说：

"你念书大了，可别欺侮弟弟呀！别净给他跟你爸爸告状，他小。"

弟弟已经倒在椅子上睡着了，他现在很淘气，常常爬到桌子上翻我的书包。

宋妈把弟弟抱到床上去，她轻轻给弟弟脱鞋，怕惊醒了他。她叹口气说："明天早上看不见我，不定怎么闹。"她又对妈妈说："这孩子脾气犟，叫老爷别动不动就打他；燕燕这两天有点咳嗽，您还是拿鸭儿梨炖冰糖给她吃；英子的毛窝我带回去做，有人上京就给捎了来；珠珠的袜子都该补了。还有……我看我还是……唉！"宋妈的话没有说完,就不说了。

妈妈把折子拿出来,叫爸爸念着,算了许多这钱那钱给她,她毫不在乎地接过钱,数也不数,笑得很惨:

"说走就走了!"

"早点睡觉吧,明天你还得起早。"妈妈说。

宋妈打开门看看天说。

"那年个,上京来的那天也是下着鹅毛大雪,一晃儿,四年了。"

她的那件红棉袄,也早就拆了,旧棉花换了榧子儿,泡了梳头用,面子和里子给小栓子纳鞋底用了。

"妈,宋妈回去还来不来了?"我躺在床上问妈妈。

妈妈摆手叫我小声点儿,她怕我吵醒了弟弟,她轻轻地对我说:

"英子,她现在回去,也许到明年的下雪天又来了,抱着一个新的娃娃。"

"那时候她还要给我们家当奶妈吧?那您也再生一个小妹妹。"

"小孩子胡说!"妈妈摆着正经脸骂我。

"明天早上谁给我梳辫子?"我的头发又黄又短,很难梳,每天早上总是跳脚催着宋妈,她就要骂我:"催惯了,赶明儿要上花轿了也这么催,多寒碜!"

"明天早点儿起来,还可以赶着让宋妈给你梳了辫子再走。"妈妈说。

天刚蒙蒙亮,我就醒了,听见窗外沙沙的声音,我忽然想起一件事,赶快起床下地跑到窗边向外看,雪停了,干树枝上挂着雪,小驴拴在树干上,它一动弹,树枝上的雪就抖搂下来,掉在驴背上。

我轻轻地穿上衣服出去,到下房找宋妈,她看我这样早起来吓一跳。我说:

"宋妈,给我梳辫子。"

她今天特别地和气,不唠叨我了。

小驴儿吃好了早点,黄板儿牙把它牵到大门口,被褥一条条地搭在驴背上,好像一张沙发椅那么厚,骑上去一定很舒服。

宋妈打点好了,她把一条毛线大围巾包住头,再在脖子上绕两绕。她跟我说:

"我不叫醒你妈了,稀饭在火上炖着呢!英子,好好念书,你是大姐,要有个大姐样儿。"说完她就盘腿坐在驴背上,那姿势真叫绝!

黄板儿牙拍了一下驴屁股,小驴儿朝前走,在厚厚的雪地上印下一个个清楚的蹄印儿。黄板儿牙在后面跟着驴跑,嘴里喊着:"嘚、嘚、嘚、嘚。"

驴脖子上套了一串小铃铛,在雪后新清的空气里,响得真好听。

爸爸的花儿落了

我也不再是小孩子

新建的大礼堂里，坐满了人。我们毕业生坐在前八排，我又是坐在最前一排的中间位子上。我的襟上有一朵粉红色的夹竹桃，是临来时妈妈从院子里摘下来给我别上的，她说：

"夹竹桃是你爸爸种的，戴着它，就像爸爸看见你上台一样！"

爸爸病倒了，他住在医院里不能来。

昨天我去看爸爸，他的喉咙肿胀着，声音是低哑的。我告诉爸，行毕业典礼的时候，我代表全体同学领毕业证书，并且致谢词。我问爸，能不能起来，参加我的毕业典礼？六年前他参加了我们学校的那次欢送毕业同学同乐会时，曾经要我好好用功，六年后也代表同学领毕业证书和致谢词。今天，"六年后"到了，老师真的选了我做这件事。

爸爸哑着嗓子，拉起我的手笑笑说：

"我怎么能够去？"

但是我说：

"爸爸，你不去，我很害怕，你在台底下，我上台说话就不发慌了。"

爸爸说：

"英子，不要怕，无论多么困难的事，只要硬着头皮去做，就闯过去了。"

"那么爸不也可以硬着头皮从床上起来，到我们学校去吗？"

爸爸看着我，摇摇头，不说话了。他把脸转向墙那边，举起他的手，看那上面的指甲。然后，他又转过脸来叮嘱我：

"明天要早起，收拾好就到学校去，这是你在小学的最后一天了，可不能迟到啊！"

"我知道，爸爸。"

"没有爸爸，你更要自己管自己，并且管弟弟和妹妹，你已经大了，是不是，英子？"

"是。"我虽然这么答应了，但是觉得爸爸讲的话很使我不舒服，自从六年前的那一次，我何曾再迟到过？

当我上一年级的时候，就有早晨赖在床上不起床的毛病。每天早晨醒来，看到阳光照到玻璃窗上了，我的心里就是一阵愁：已经这么晚了，等起来，洗脸，扎辫子，换制服，再到学校去，准又是一进教室被罚站在门边，同学们的眼光，会一个个向你投过来，我虽然很懒惰，可也知道害羞呀！所以又愁又怕，每天都是怀着恐惧的心情，奔向学校去。最糟的是爸爸不许小孩子上学坐车的，他不管你晚不晚。

有一天，下大雨，我醒来就知道不早了，因为爸爸已经在吃早点。我听着，望着大雨，心里愁得不得了。我上学不但要晚了，而且要被妈妈打扮得穿上肥大的夹袄（是在夏天），踢拖着不合脚的油鞋，举着一把大油纸伞，走向学校去！想到这么不舒服地上学，我竟有勇气赖在床上不起来了。

等一下，妈妈进来了。她看见我还没有起床，吓了一跳，催促着我，但是我皱紧了眉头，低声向妈哀求说：

"妈，今天晚了，我就不去上学了吧？"

妈妈就是做不了爸爸的主意，当她转身出去，爸爸就进来了。他瘦瘦高高的，站在床前来，瞪着我：

"怎么还不起来，快起！快起！"

"晚了！爸！"我硬着头皮说。

"晚了也得去，怎么可以逃学！起！"

一个字的命令最可怕，但是我怎么啦！居然有勇气不挪窝。

爸气极了，一把把我从床上拖起来，我的眼泪就流出来了。爸左看右看，结果从桌上抄起鸡毛掸子倒转来拿，藤鞭子在空中一抡，就发出咻咻的声音，我挨打了！

爸把我从床头打到床角，从床上打到床下，外面的雨声混合着我的哭声。我哭号，躲避，最后还是冒着大雨上学去了。我是一只狼狈的小狗，被宋妈抱上了洋车——第一次花五大枚坐车去上学。

我坐在放下雨篷的洋车里，一边抽抽搭搭地哭着，一边撩起裤脚来检查我的伤痕。那一条条鼓起的鞭痕，是红的，而且发着热。我把裤脚向下拉了拉，遮盖住最下面的一条伤痕，我怕同学耻笑我。

虽然迟到了，但是老师并没有罚我站，这是因为下雨天可以原谅的缘故。

老师教我们先静默再读书。坐直身子，手背在身后，闭上眼睛，静静地想五分钟。老师说："想想看，你是不是听爸妈和老师的话？昨天的功课有没有做好？今天的功课全带来了吗？早晨跟爸妈有礼貌地告别了吗？……"我听到这儿，鼻子抽搭了一大下，幸好我的眼睛是闭着的，泪水不至于流出来。

正在静默的当中，我的肩头被拍了一下，急忙地睁开了眼，原来是老师站在我的位子边。他用眼势告诉我，教我向教室的窗外看去，我猛一转头看，是爸爸那瘦高的影子！

我刚安静下来的心又害怕起来了！爸为什么追到学校来？爸爸点头示意招我出去。我看看老师，征求他的同意，老师也微笑地点点头，表示答应我出去。

我走出了教室，站在爸面前。爸没说什么，打开了手中的包袱，拿出来的是我的花夹袄。他递给我，看着我穿上，又拿出两个铜子儿来给我。

后来怎么样了，我已经不记得，因为那是六年以前的事了。只记得，从那以后，到今天，每天早晨我都是等待着校工开大铁栅校门的学生之一。冬天的清晨站在校门前，戴着露出五个手指头的那种手套，举了一块热乎乎的烤白薯在吃着。夏天的早晨站在校门前，手里举着从花池里摘下的玉簪花，送给亲爱的韩老师，她教我唱歌跳舞。

啊！这样的早晨，一年年都过去了，今天是我最后一天在这学校里啦！

当当当，钟响了，毕业典礼就要开始。看外面的天，有点阴，我忽然想，爸爸会不会忽然从床上起来，给我送来花夹袄？我又想，爸爸的病几时才能好？妈妈今早的眼睛为什么红肿着？院里大盆的石榴和夹竹桃今年爸爸都没有给上麻渣，他因为叔叔给日本人害死，急得吐血了，到了五月节，石榴花没有开得那么红，那么大。如果秋天来了，爸还要买那样多的菊花，摆满在我们的院子里，廊檐下，客厅的花架上吗？

爸是多么喜欢花。

每天他下班回来，我们在门口等他，他把草帽推到头后面抱起弟弟，经过自来水龙头，拿起灌满了水的喷水壶，唱着歌儿走到后院来。他回家来的第一件事就是浇花。那时太阳快要下去了，院子里吹着凉爽的风，爸爸摘下一朵茉莉插到瘦鸡妹妹的头发上。陈家的伯伯对爸爸说："老林，你这样喜欢花，所以你太太生了一堆女儿！"我有四个妹妹，只有两个弟弟。我才十二岁。……

我为什么总想到这些呢？韩主任已经上台了，他很正经地说：

"各位同学都毕业了，就要离开上了六年的小学到中学去读书，做了中学生就不是小孩子了，当你们回到小学来看老师的时候，我一定高兴看你们都长高了，长大了……"

于是我唱了五年的骊歌，现在轮到同学们唱给我们送别：

"长亭外,古道边,芳草碧连天。……问君此去几时来,来时莫徘徊! 天之涯,地之角,知交半零落,人生难得是欢聚,惟有别离多……"

我哭了,我们毕业生都哭了。我们是多么喜欢长高了变成大人,我们又是多么怕呢! 当我们回到小学来的时候,无论长得多么高,多么大,老师! 你们要永远拿我当个孩子呀!

做大人,常常有人要我做大人。

宋妈临回她的老家的时候说:

"英子,你大了,可不能跟弟弟再吵嘴! 他还小。"

兰姨娘跟着那个四眼狗上马车的时候说:

"英子,你大了,可不能招你妈妈生气了!"

蹲在草地里的那个人说:

"等到你小学毕业了,长大了,我们看海去。"

虽然,这些人都随着我长大没了影子了。是跟着我失去的童年也一块儿失去了吗?

爸爸也不拿我当孩子了,他说:

"英子,去把这些钱寄给在日本读书的陈叔叔。"

"爸爸! ——"

"不要怕,英子,你要学做许多事,将来好帮着你妈妈。你最大。"

于是他数了钱,告诉我怎样到东交民巷的正金银行去寄这笔钱——到最里面的柜子上去要一张寄款单,填上"金柒拾圆也",写上日本横滨的地址,交给柜台里的小日本儿!

我虽然很害怕,但是也得硬着头皮去。——这是爸爸说的,无论什么困难的事,只要硬着头皮去做,就闯过去了。

"闯练,闯练,英子。"我临去时爸爸还这样叮嘱我。

我心情紧张地手里捏紧一卷钞票到银行去。等到从最高台阶的正金银行出来,看着东交民巷街道中的花圃种满了蒲公英,我高兴地想:闯过来了,快回家去,告诉爸爸,并且要他明天在花池里也种满蒲公英。

快回家去!快回家去!拿着刚发下来的小学毕业文凭——红丝带子系着的白纸筒,催着自己,我好像怕赶不上什么事情似的,为什么呀?

进了家门,静悄悄的,四个妹妹和两个弟弟都坐在院子里的小板凳上,他们在玩沙土,旁边的夹竹桃不知什么时候垂下了好几枝子,散散落落的很不像样,是因为爸爸今年没有收拾它们——修剪、捆扎和施肥。

石榴树大盆底下也有几粒没有长成的小石榴;我很生气,问妹妹们:

"是谁把爸爸的石榴摘下来的?我要告诉爸爸去!"

妹妹们惊奇地睁大了眼,她们摇摇头说:"是它们自己掉下来的。"

我捡起小青石榴。缺了一根手指头的厨子老高从外面进来了，他说：

"大小姐，别说什么告诉你爸爸了，你妈妈刚从医院来了电话，叫你赶快去，你爸爸已经……"

他为什么不说下去了？我忽然着急起来，大声喊着说：

"你说什么？老高。"

"大小姐，到了医院，好好儿劝劝你妈，这里就数你大了！就数你大了！"

瘦鸡妹妹还在抢燕燕的小玩意儿，弟弟把沙土灌进玻璃瓶里。是的，这里就数我大了，我是小小的大人。我对老高说：

"老高，我知道是什么事了，我就去医院。"我从来没有过这样的镇定，这样的安静。

我把小学毕业文凭放到书桌的抽屉里，再出来，老高已经替我雇好了到医院的车子。走过院子，看那垂落的夹竹桃，我默念着：

"爸爸的花儿落了，我也不再是小孩子。"

孟珠的旅程

一

门改了样子,墙是新砌过的,墙头又飞出一大丛红花来,差点儿不认识了。我不过才两个月没有来蔡家吧?下了车,以为弄错了,我走过去,又走回来,看见巷口的三轮车站头,那个瘦小又老的三轮车夫跟我点头打招呼,才知道没有走错。瘦老头儿说:"你很久没有来了?"我说:"是的,你好吧?"看看他的三轮车,越发地破旧了。想到三轮车在逐渐被淘汰,想到他的破车不能熬到最后,想到他又怎能转业做计程车司机?不免有些替他难过。如果我还住在这里,总会天天坐一趟他的车,现在,也少了我这么一个老主顾了。

门虚掩着,推门进去,看见跟上次又不同了,小小庭院的草坪铺起来了,房子的门窗也是新漆过的,浅绿色。这样一来,就像进了绿色的天地。廊子下放着小孩的三轮车,平哥儿又多一份财产了。韩老太太种的那株"龙吐珠",仍在墙上发展着,这株攀爬的植物,也有我的功劳在呢!我每天晏起,韩老太太已经在院子里赏花、浇花了,她听见我起来,总会叫我:

"周小姐,快来看,龙又吐了一颗珠,刷完牙顺便舀一杯水来浇浇吧!"

小小的两瓣白,夹着一粒红,就叫"龙吐珠"这个好听的花名了。

我对花和许多植物,本没有什么兴趣和认识,跟韩老太太同住的日子里,却也无形中感染了这么一点爱好,可惜我到今天没有一栋属于我自己的房子和家,寄浮人海的生活,也不知到什么时候完结。有一天,我要是有一个自己的庭院的话,沿墙角,我要砌一个花台,宽一点,高一点,沿墙装上一排竹篱笆,让攀爬的植物,顺着竹篱笆向上走,不要在墙上乱爬,我也要……

"阿姨来啦!阿姨来啦!"

好客的平哥儿不知什么时候跑出来了,他见了我,总是这么高兴,小甜妹也颠颠倒倒地拍着手追出来了,跟哥哥学着鞠躬哈腰地欢迎我。我赶快把买来的一盒糖递给平哥儿。你看,他还假客气地直向我怀里塞回来呢!这准是外婆教的,总要等大人说:"那么就谢谢阿姨吧!"才敢赶快道一声谢拿去打开吃。其实,小孩子对客人带来的东西,总是好奇地急于想得到手呢!

我抱起小甜妹,拉着平哥儿进了屋子,不见主人,却看见一位陌生的男客,正在听电唱机。我本来是一路进来就自己在喊:"客人来啦!客人来啦!"好让蔡太太或者外婆听见,没想到却打扰了别的客人。

客人看见我进来,倒像怕电唱机扰了我,赶忙关掉了。没有人介绍,我很窘,胡乱地向这位也同样局促不安的客人点点头,只好问平哥儿:

"妈妈呢?婆婆呢?"

平哥儿连跑带跳地奔向后面去喊妈妈,韩老太太和蔡太太母女俩,才同时从里面出来。她们都很高兴我来,问我为什么许久没有来,又说刚好今晚的菜,有我爱吃的鸡片炒豆苗,一定要留下来吃饭。她们对我的亲切和诚意,真使我感激,我是应当常来的,也喜欢这家人融洽的气氛。但是总觉得来了一个我,使得一家人都来陪伴我,就有了打扰的感觉,因此不敢常来。

这倒使我很怀念只有韩老太太一个人和我同住的那些日子了。……

韩老太太是我的老房东,她只有一个独生女儿,就是蔡太太。韩老太太出租房子,是为了她的女儿和蔡先生结婚后,年轻夫妇因为工作关系住在台中,老太太需要一个做伴的人,便把女儿的一间房出租,限定要单身的职业女性。我正符合那条件。但是最初,她们也怀疑,像我这样的职业,和普通公教人员的职业女性,总是不同的。不同的程度,除了工作时间以外,还有就是会敏感地想到"她的私生活如何"上去。其实,在那高歌与欢唱的背面,尽是些飘零与辛酸的故事,人们又何必对软弱的女人,有这样多的疑惧呢!但当时我的确喜欢这安静的环境,也相信除了恐怕工作时间给房东不安以外,她们是不必担心我的。

我自己跟老太太诚恳地解释,我极少朋友来往,只有一个妹妹远在南部读书,这样说了,韩老太太看出我的话的诚意,也就答应了。看看目前这个完整的一家人,回想起我和韩老太太共处的一段日子,真难过,自从妈妈去世后,对我像母亲般慈爱的长辈,就是韩老太太了。我们共叙家常,共赏鲜花。后来,我也带她到歌场去听我唱歌,她听出了瘾,有时也让我约了我的唱歌的女朋友来家,她做两样菜给我们吃。她看我晚上唱歌,白天又要到伴奏人那里去练习新歌,很心疼我,总是泡了各样的草药给我喝,说那是润喉咙的。

蔡太太住在台中,偶尔也回娘家来看母亲,因此认识了母亲的女房客。蔡太太当然会听到她的母亲谈起我。她不但尊重我唱歌的职业,也很感激我给她的母亲做伴,给她的母亲解除寂寞,这等于照顾了她的母亲。其实,我们是彼此照顾啊!

我占有了蔡太太的母亲,享受到许多借来的母爱,每次歌场回来,都安心有一个母亲样的人在等我,久而久之,成了习惯,也没有考虑到哪一天会失去它。直到有一天,韩老太太告诉我,女婿调回台北工作,他们就要回来住了,所以不得不请我另外找房子,我才恍然地觉悟,我是要回到"飘零"去了。

合适的房子,合适的环境,合适的房东,很不容易,但更让我伤感的是,我和韩老太太曾有过母女般的情谊,但是当人家亲母女需要团聚的时候,我却仍是局外人。这就使我更想念远在台南求学的妹妹了。

为了远远地躲在台北卖歌,不能和世上唯一的亲人厮守,但是,我能供养妹妹读书,就给了我无比的勇气,使我敢于面对人间的一切。妹妹的希望,就是我的希望;妹妹的前途,就是我的前途,不是吗?我可以原谅世间的一切不平了……

母女俩对我这样表示欢迎,我也开心了,我答应了留在这里吃晚饭。不过吃完饭以后我还要回去一趟,为了没有带着歌场穿着的衣饰。

这时蔡太太忽然想起了什么,"啊,对了,许先生,还没给你介绍,这是周小姐,周孟珠。"

原来是我来了,把那个默不作声的客人给冷落了。

我回过头来,轻轻地叫一声:"许先生。"许先生还没有我大方呢!他欠起身来哈哈腰,连一声"周小姐,你好"都不会说,跟歌场里我所遇见的那些男人可不一样。跟蔡先生也不一样,蔡先生见了我,还会笑嘻嘻地开两句玩笑呢!

蔡太太和她妈妈,就又把我留在客厅,她们一定是到后面添菜去了。我也懒得客气,因为我知道说了也白说,准又是韩老太太偷偷从后门溜出去,到街上买卤菜、叉烧肉什么的,随她去吧!

和这位来路不明又不自然的许先生,也没有什么话好说,我也不客气,逗着孩子玩,不理许先生。你既然把电唱机关掉了,又不敢对小姐讲话,只好傻坐在那儿,等蔡先生下班回家来陪你吧!

我坐在这间空气不调和的客厅里,实在没意思,索性抱了小甜妹到后面厨房去,留下一个男孩子去跟那个大男人做伴好了,没想到平哥儿倒追过来了。

餐厅紧接着厨房,几乎等于一间房,我就坐在餐厅靠近厨房的椅子上,对着在厨房里忙碌的母女俩说话。蔡太太说,许先生名字叫许午田,是蔡先生的同学,才从南部来台北工作,在一个民营的机构,晚上还给一家报馆翻译一些资料稿子。今天来了也是临时请他吃个便饭。

要跟母女俩谈话,没想到平哥儿一直缠在身边要我教他唱歌。我随口唱了一段幼稚园的小歌儿,平哥儿并不满意,一定缠着说:

"唱《好大的西北风》,周阿姨。"

这孩子真是,两个月不见,变得有点讨厌了,大概就是男孩子"七岁八岁狗也嫌"的年龄吧。可是平哥儿的记性也真不坏,他还记得我上次偶然教他唱的《好大的西北风》呢。这是早年听母亲唱的,据说是妈妈在她的中学时代学的。母亲的歌喉多么美妙,她不但喜欢唱歌,还会唱京戏,可惜她去世好几年了,她怎会知道女儿也有一副迷人的歌喉呢!怎会知道女儿靠了这副歌喉来维持姐妹俩的生活呢!妈妈曾唱过许多歌给我听,《好大的西北风》只不过是其中的一首,她唱的并不完全,只是她很喜欢这首歌,常常哼着唱着,我也变得很熟很喜欢了。妈妈死后,我有一次竟在无意中得来了详细的歌词和歌谱,就学会了。不过在歌场的台上,我是从来没唱过它的。有很多我喜欢的歌,并不是为表演而唱的,像唱《好大的西北风》,只是可以给我一些家庭生活的回忆而已。《好大的西北风》的歌词的情趣,我真喜欢:

……好大的西北风啊,飞到人家天井里,它到门口往里瞧啊,看见屋里许多人,大的大啊小的小,围着父母讲故事,推开门来走进去,说道我也讲一个……

这样的家庭生活我已经没有了,但是我愿意唱给平哥儿听。

平哥儿听我唱了《好大的西北风》,满足了他的小小愿望。他也学着我的调儿唱:"……跑进火炉去睡觉,它说哎呀热得很,……跑到海上去睡觉……"

"平哥儿,不对了,它说哎呀热得很,就应当跑到海上去洗澡,不能再去睡觉啦!"

平哥儿每次唱到这儿都会弄错,因为他只顾学我带表情地唱,就弄错了歌词。而每次唱到这儿,平哥儿也高兴得呵呵呵地大笑一阵,反复着唱那句"哎呀热得很"。

正在唱得高兴的时候,蔡先生进来了,我想他没有奇怪我在这里,因为他会听见我和平哥儿在这里唱歌的。他进来朝我笑笑打招呼,然后向着厨房说:"怎么样,可以吃了吗?"

还没答应呢,他已经又出去陪客人了。

吃饭的时候,大家才自然些,因为蔡先生和许先生在谈着他们工作的事,蔡太太跟我谈别的,老太太还在厨房里磨磨蹭蹭,小孩子跑来跑去,乱哄哄,可是挺热闹的。我跟许先生,却始终也没交谈过一句话。

吃完饭,大家在客厅里闲坐着。小甜妹困了,竟倒在我的怀里,我该离开了,又不便把在厨房忙着收拾的蔡太太叫出来,只好抱了小

甜妹到卧室去,把她轻轻放在床上,轻轻拍着要她睡去。可是平哥儿一进来,她又睁开了眼睛,平哥儿悄悄对我说:

"妈妈每天都要唱催眠曲,她才肯睡呢!"

"什么催眠曲,哪儿见过这样麻烦的小孩子!"我虽然这样说,点着小甜妹的小甜脸,可也不能不想想,有什么催眠曲可唱的,我想起了舒伯特的摇篮歌,便在床边轻吟起来:

……快睡,快睡,可爱的心肝宝贝。快睡,快睡,小宝真美丽。……妈妈一切为你,就在死后仍旧卫护着你,……一切安足贵,妈所爱重的是生命和你。……

歌词记不全了,调门也不知道哼得对不对,但是小甜妹却在我的歌声中睡着了。我不是妈妈,却会唱妈妈的歌,而且把孩子哄睡了,很得意我的本事,也很心酸刚唱的那两句歌词。我蹑手蹑脚,又用食指按着我的嘴唇,叫平哥儿不要出声,我们一同走出了卧室,到客厅来。

发现客厅里没有声音了。可是两个男人还对坐着。蔡先生托腮静思,在发呆。许先生朝我望一眼,我很奇怪。蔡先生仿佛从呆想中恢复过来了,从小几上拿烟让客人。

他们原来是谈得很高兴的,突然停止了,是不是听见我在哼歌才这样的?或者,他们听了歌声在谈论我吗?蔡先生也许会告诉许先生:"她是一个歌女,但是气质还好,是出于污泥而不染的那一种……"所以他们就发呆地继续听我的歌,而等我出来时,许先生才再仔细地看我一眼,究竟我的"气质"如何?

我不高兴被人在背后议论,并且拿我当做一个不普通的人。我很普通。

看看表我该告辞了,蔡太太母女也在厨房收拾完出来。平哥儿已经睡倒在外婆的怀里,蔡太太为我到卧室去拿皮包。我站起来,两个男人也站起来了,蔡先生无意地问我:

"到时候了?"

"到时候了",当然是指我该到歌场的时候了。不知道在座的这位客人听得出来吗?懂得那意思吗?会不会怀疑一个独身的小姐,已经到了晚上,还有什么"到时候"的事?当然,蔡先生刚才已经悄悄地告诉他,我是干什么的了。

有一点点秋天的意思了,走出来,不禁打了一个寒噤,应当带着那件镂空纱的外套才对。蔡太太一个人送我出来的,她对我说:

"星期天,还要请你来吃饭,今天临时太不像话了。"

"你怎么客气起来了?"我确实很奇怪蔡太太这样说。

"不是,"她笑了笑,"你一定要来就是了,是我母亲要你一定来的。"

"为什么?"说完,我忽然恍悟,"是你们家——我想想,外婆的生日,对!我一定来,一定来的。"蔡太太不否认,但她说:"只是可以有借口请你来,你不要认真,那不过是老太太的普通生日,并没有任何客人……也许只有刚才的许午田。你知道我妈妈总是惦记你的,她还说过很想在后面加盖一间小屋子,请你过来住呢!"

"啊——"我不知道该怎么回答才好,有人惦记总是好的。该说"谢谢",还是"好的",或者"不要",似乎都是不对路的回答。我只好微笑,拍拍蔡太太的肩头,表示我的感激。

二

我买了一双绣了圆寿字的拖鞋和几包黑麻酥糖,算是送给韩老太太的生日礼,小意思。如果买了太厚的礼,她们会过意不去的,那也失去了我跟蔡家真挚的感情。我知道,人老了,会像孩子一样爱吃甜东西,外婆一定会喜欢的。

许先生已经先我而到了。按说这次是"一回生二回熟"了,可是我们也没有说什么话,真是话不投机了。不过在打开我送的小礼物大家围过来看时,许先生也凑热闹地围过来就是了。他并且问我在哪里买的,也许是没话找话。我说出了店名,他又点点头说:"不错,花样和颜色都很好。"

谢谢他的夸奖,总算开口了呀!但吃过饭以后,蔡先生问我:

"周小姐,老太太今天过生日,有兴致要去听歌,你去了给留几张好座位票,好吗?"

我很高兴地答应了一声"好",立刻想,那么这位客人是该知道我是唱歌的啰!知道了周孟珠就是歌星柳梦吗?不知做何感想?谁知蔡先生又说了:

"怎么样?午田,还是去吧?"

还是去吧?这句话不简单,不是我多疑,可见得在我没来之前,他们就已经谈过老太太要去听歌,一定是他们邀他去,而他不肯,所以蔡先生才这么问。

你看,他当着我的面,答应不好,不答应也不好,僵在那儿了,却笑了笑,嘴角牵着,明明是不要去。不去就不去,何必做出一副苦相来呢?果然蔡太太也开玩笑说:

"一个人也不一定总是听什么柴可夫斯基的《小提琴协奏曲》啦,贝多芬的《命运交响曲》啦!换换口味,都是音乐,有什么不可以的哪!"

我的自尊心在这场面之下,受了伤害,我皱起了眉头,带不耐烦的口气说:

"到底要留几张?我要走了。不管,给你们留三张就是了。"

我懒得再看他的尴尬的脸,所以向主人们道了谢,并没有跟他招呼一声就走了。但是到了曼声厅,我还是吩咐他们给留了四张票。

仍像每天的老规矩,我是在雪子的高歌欢唱之后登场的。

灯光的颜色立刻转变了,暗青而朦胧的灯光,照射在我要站立的台口,为了配合我唱歌的气氛。

我今天来晚了,雪子已经在唱最后一首歌。雪子唱歌时穿着艳丽,明亮的灯光照射下来,满台灿烂。这就是雪子唱歌的特点。配合着雪子热情的歌声和摆动的身体,真可以说是狂歌热舞了。

雪子唱的是《抱着我紧点儿》,满场都飘荡着她的欢乐狂放的歌声:"抱着我紧点儿,抱着我紧点儿,不要把我放弃,这跳舞会太疯狂……"

但是她为什么进入后台时满眼是泪?她不但不像每天那样开我玩笑说:"柳梦,寂寞专员来了,老座位,向右下角看啊。"反而是跟我擦身而过,并不理会我,直向化妆室跑去。她又受了什么委屈了?是台下给她的吗?不会的,台下一直欢迎这个热情的姑娘,那么——真教我纳闷。

轮到我登台了,我的出场,总会给人一种幽灵般的感觉吧?好像不胜娇弱的身体,没办法,我胖不起来;再配上我幽幽的台步,没办法,我不会跑。我还得把扩音器放低下来,我没雪子那样高。雪子到底是为什么?

我一定是想得有点儿失了神,今天真不利。音乐已经开始,错过了该开口的地方,音乐又重复了一次,台下有点骚动,但是听众会原谅我这小小过失的。可是我也得先向听众做一个微微的歉然的表情,那就是我轻摇一下头,表示我自己的糟糕,然后我才唱:"相见难,泪偷弹,长倚画栏终日盼,望穿秋水空等待,人隔万重山……"

这是姚莉的名歌,也是她哥哥姚敏自认为在他所做的几百首歌中，最满意的一首。我也很喜欢，容易唱，也容易讨好听众，别人都不太唱了，但是我还要时常温习温习。

台下很暗，烟雾在反射的灯光里弥漫着。我只觉得台下是一团团东西在移动，什么也看不清。照往常，我是懒得向台下看的，虽然每次雪子那双鬼亮的眼睛，都会给我找出"寂寞专员"的所在，但是正因为寂寞专员是常客了，我也就不太在乎。倒是今天，我还给那个陌生而固执的客人留下了票呢？不知道他们都来了没有？

韩老太太是喜欢听几首老歌的，特别是周璇唱的那些歌，我今天就唱《送君》好了。韩老太太说过，周璇悲凉的身世，那小巧的身体，那副圆润的歌喉，死在不该死的年华，是最使她心疼的了。

我给他们留的是最好的位子，第四排中间，可不是，已经来了，让我仔细看，好在音乐正在过场，啊，全来了，四个人，连那个在蔡家似笑不笑的面孔也来了。好，未免使我紧张起来了，为什么呀！差点儿又错过该开口的地方，赶快走到麦克风前。"……记否当年事，月下起誓愿相爱，因何把约背……"

不要嫌我唱的歌词俗气，鼓掌的人可多着呢！你即使对这歌词不屑，总会欣赏我的歌喉吧！有没有鼓掌？按照西洋音乐会的规矩，即使演奏得不尽令人满意，在礼貌上，也是该鼓掌的。但我猜想他不，也许明明他觉得我的歌喉还不错，可是为了表示对这种场合的抗拒，他就不鼓掌！他真的会这样天真吧？

我唱完歌，退到伴奏乐队旁，悄悄对弹钢琴的张说："下一个请为我换《王昭君》吧。"

张惊奇地看了我一眼,然后笑了笑,他一定以为是寂寞专员又递了纸条进来,点我唱的呢!本来我是要唱几首周璇的歌给韩老太太听的,但是今天来了个特别来宾,我要他听听在歌唱家的音乐会上听到的歌,歌女也会唱。所以我不但现在要唱《王昭君》,等会儿我还要把《我有一段情》、《梦里相思》也取消,换唱《绣荷包》,唱《教我如何不想她》。

兼任报告的张,向听众报告说:"柳梦小姐现在给我们唱《王——昭——君》。"

台下立刻响起了一阵热烈的掌声。《王昭君》毕竟是一首很难唱的歌,唱它,便会使人品出歌唱者的造诣如何。一开头"王昭君"三个字就不容易唱呢!更何况转到了快板"阳关初唱……椿萱恩重,棣萼情长,远别家乡,旧梦前尘,前尘旧梦,空惆怅……"真是人家形容的,要唱得"大珠小珠落玉盘"了。

对于我,这是一次吃力的歌唱,我唱完了,不注意是否有人不礼貌地没有鼓掌,倒像完成了一件工作,轻松而愉快。我本来是喜欢唱歌的,只要我不去想唱歌是为了生活的话。

再一个周末了,我们又在蔡家见面了,这是有意的,还是无意的呢?我是来取上次遗落在这里的薄外套,晚饭后来的。许午田可是好像连午饭都是在蔡家吃的,生活该是很无聊吧!

我并不打算听别人对我唱歌的观感,可是蔡太太总喜欢没话找话,她是好意,怕客厅里的空气不协调,所以她就问了:

"怎么样?午田,今天要不要听歌了?"

许午田这回干脆很不客气地回绝了:

"谢谢啦!嫂子。"

谢谢啦?听歌是我请的客,怎么谢谢嫂子呢?对了,这个"谢"是"敬谢不敏"的"谢",是意味着"谢谢,可不要再听啦"。是对歌儿不满意?对歌场不满意?还是对歌女不满意呢?

我没言语,倒是看了一眼许午田。他不是听歌的那种人,他穿着薄薄的米色夹克,里面是一件不系领带的白衬衫。他也不像一个民营机构赚着大薪水的职员,却像是一个还没脱大学生气息的青年。整天埋在图书馆里,要么就听些柴可什么基的唱片,能听一下午、一晚上都不腻。他只知道书本和自己,不知道人生,不知道有我们这样的女人存在……他还不如寂寞专员呢!

蔡太太笑了,还逗他:

"怎么?听漂亮的柳梦小姐的歌,比不了那位黑人玛丽·安德逊吗?"

蔡太太真是比拟不当,她就这么多嘴,有时也有点儿十三点,我赶快截住话说:

"别讲笑话了,蔡太太。"

就在这同时,许午田也难为情地解释说:"我并没有说周小姐唱得不好呀！是那种气氛,我不太习惯。"

"对了,"蔡太太这才想起来似的对我说:"午田看不惯听众对雪子的那些怪态度,也看不惯雪子。"

雪子,是的,那个在前台欢唱,在后台哭泣的雪子。雪子说过,她的忘形的欢唱,是为了要发泄她的愁闷。在台上短短二三十分钟的歌唱,她把自己暂时交给听众,忘记自己的痛苦,尽情地狂歌。她和我不一样,她喜欢唱狂热的歌,像《樱桃树下》、《午夜香吻》、《红花艳曲》这类的。听众都以为雪子是一个快乐浪漫的女郎,其实,完全错了,她是一个受尽了人间折磨的女孩子,在那样小小的年纪。人家以为我是一个身世悲凉的女人,才每每唱出那幽怨的歌声,也不对。对音乐的感受、反应虽不同,但为抒发心中的情感,可是都一样啊！有一个诗人不是说过,少女能为她失去的爱情而歌唱,守财奴却不会为他失去的金钱而歌唱吗？啊！雪子为了悲痛爱情而歌,台下的观众可不放过她,像失去金钱的富翁一样,要在她身上找回这损失。这就是许午田所不习惯的看法吗？

许午田大概看我在发呆不说话,以为伤了我,所以一再地说:

"是的,我只是不习惯那种气氛。"

蔡太太又开玩笑:

"不是哪个外国作家说的吗？习惯可以代替幸福呀！"

我还是要替雪子不平。当然,怎能强迫每一个台下的观众,去了解台上每一个演员的真实背景呢。但是我还是说了:

"许先生,你瞧不起那个叫雪子的吗?"

这回他却正经地对我说:

"不,周小姐,你完全误会了,正因为我尊重女性,我才不能忍受歌场里的某些气氛啊!"

这还像话,但愿是我误解了他的原意,但愿他重视我们这样的女人,而不是轻视。除了寂寞专员以外,我又遇到一个不轻视女人的男人了。但是,唉,寂寞专员,他今天中午吃饭时,为什么说了那样的话呢!叫我怎么回答呢!

我该走了,这回我自己老实不客气地说:

"又到时间啦,我该走啦。"

没想到许午田也站了起来,他说今天他要早些回去,因为他的弟弟大学毕业,快要入伍了,他要替弟弟办理一些事,所以早些回去。

我们同时出了蔡家的门,蔡先生嘱咐许午田,到了巷口,先替我喊车子。可是走到巷口并没有车子,只好一路走下去。我不知道是不是和他同路,所以一再地请他只管走他的,我说我可以照顾自己。

他却说:"太晚了,这条路人又少,看,连个车影都没有,我送你没关系。"

这是他尊重女性的礼貌吧,但是我可真想说,太晚吗? 在我可是一天的开始哪! 但是我笑笑没有说,因为他确是诚意的。

就这样边谈边走下去。今天我们总算交谈了,多谈谈话,是可以缩短人与人之间的距离;可是也有许多人,因为谈得太多了,反而越谈距离越远，最后谈垮了。所以，保持距离也是很重要的。

看，不知不觉已经走到闹市的歌场来了，我立定了，望着他的脸说：

"那么，我就不请你进去忍受那种气氛了！"我说完不知怎么，"噗"地笑了，我是个很难得跟人开玩笑的人，今天怎么了？许午田也笑了，不知道他这次的笑，是什么笑？他同意了我的话吧，所以他虽笑可不说什么，只跟我摇摇手说："那么就再见了。"

三

进了曼声的后台，我一定是嘴角还带着笑意的，所以淘气的雪子打了我肩头一下，又向我挤了一下眼睛。我想她不会是看到许午田，才来跟我开玩笑的，想必她今天心情还不错，这一阵子，她的眼泪也少了，唉！就是这么哭哭笑笑的。我倒担心她有一天会发疯呢！

我笑的是许午田，他倒不是我第一次见到时所想象的那种人了。他是个正直的人，也很天真，愤世嫉俗，厌恶社会上一些人对女性的不尊重的态度。女人的堕落，常常是因为男人不尊重她才造成的，不是吗？但雪子能算堕落吗？

我不知道能不能和许午田继续做朋友？不过，他也许已经有了女朋友呢？看样子是没有的，如果有的话，不会在周末还那样无聊地赖在蔡家吧！真奇怪，没有家的人，总喜欢到有家的人家去坐坐，我不是也一样吗？寂寞专员也一样，他说他在没有听歌的日子，也许会到老朋友家去喝喝酒，吃吃老嫂子烧的可口小菜。今天不知道他是来听少女之歌，还是吃老嫂子的菜去了？但是他今天中午的话太奇怪了，他不怕说了那样的话会吓着我吗？他一向是关怀我的，我只是他的一个小侄女一样的女孩子啊！

徐蚌会战，死去了做军人的爸爸，菊菊和我还一个是婴儿、一个是小孩儿，跟着坚强的母亲，一下子就来到了台湾，台南是我们的根据地。母亲有坚强的意志，却没有坚强的生命，一个爸爸，一个妈妈，怎么那么容易地就死去了呢？别人的父母，活到七老八十，也受过许多风吹雨打，也可能在贫困中打转，还不是生命力强过现实的脆弱，怎么我的母亲就不能？寂寞专员常常安慰我，他说："我拿你当做我的小侄女，我就像是你爸爸的一个老朋友，有什么为难的事，就尽管跟我说。"是一个小侄女啊！他怎么啦？今天。

因为有一个好读书的妹妹，我从不寒心我受到什么委屈。这种职业，有许多妹妹想不到的遭遇，我从来不告诉她，因为她像许午田一样的天真，她比他还要天真，她是无邪的。很久以来，我难得遇见像许午田这类型的男人了。在我所接触的环境中的异性，有几个是和许午田一样"尊重女性"的呢？当然，寂寞专员也是一个，世间难得的两个知音，哟！我也能说许午田是我的知音吗？不，我们是刚刚交往的朋友，而且，只是一个朋友的朋友，才刚刚有一次，他单独把我送到歌场门口而已。

我常常相信我有一个光明的前途，我不是说，唱歌这个行业是不光明的，可是同行的女朋友，多的是在过着麻醉、糟践自己的生活的呢！我时时提醒自己，不要有太多的自卑感，就不会太糟践自己了。"人就怕失去了自尊"，这是寂寞专员跟我讲的，现在许午田也这么说。寂寞专员说："你有一个光明的前途，只要你尊重自己。"这是多么诚恳的语句啊！可是，我的年龄一年年地大了，在卖唱的岁月中也迈过三年多了！初来台北的时候，连歌场都没有几个，现在电视都从北部传遍全台湾了。

"上一次电视吧"，许多人奇怪我为什么和有更广大效果的电视远离。除了寂寞专员，谁知道我远离台南那个我长大的地方，也就是为了远离亲爱的妹妹啊！让她安心地读书，不要让姐姐有任何一点点使她伤心的地方。菊菊虽然知道姐姐在歌场唱歌，虽然知道她能读书和进步是姐姐给的，但是她并不知道关联这种生活的许多琐事。我不要上电视，表露在千千万万人的面前，只要像在曼声厅这样，每场有八十个人就够了。

我并不能避免交际场合，有的地方的晚会，也要去一下的，小喇叭不是常常说"人家是看得起你才请你的哪"，但愿如此。

可是永远忘不了那第一次做客的纪录。

在一个宴会席上做客人，仿佛是很受尊敬，因为男人们穿梭一样地来敬酒，"柳梦小姐，我敬你一杯。"男人们开头还很好，喝得差不多了，就有人提议要我唱歌了：

"柳梦小姐,唱个《我爱你》!"

说话人的语调是轻浮的,原谅他喝多了酒吧,不唱就是了,因此得罪了人。事后散布了无中生有的谣言,那样地羞辱我,使我哭了整整的一夜。

还有一次,坐在我对面的,据说是一个可敬的人物。我每一抬眼看去,就和他投过来的贪婪的目光碰上。我很厌恶,大概他还觉得是我在对他暗送秋波呢!这也就算了,可是过一会儿,我身边的一个客人却悄悄地对我说:

"柳梦小姐,向董事长敬酒吧!他对你真不错呢!"

然后他把眼睛瞥向对面的人物,指示我敬酒的方向。我是喜欢喝一点点酒的,承袭了母亲的爱好,但那是当寒日取暖,孤坐无聊,或者二三友好对酌时。不是这种场合,不是这种对象。这个男人说的什么话!人们不能更尊重些我们这一行业的女人么?!

像这样的委屈,我受过一些的,从躲避、哭泣到不在乎,能使一个女人——一个歌女,有不同的变化,大部分的变化是,她们丧失了自尊。

初认识寂寞专员的时候,我对他误会了一段时期。

是一次宴会的场合,一个机构的同乐晚会主办人请客,慰劳从外面请来的平剧、歌唱的演员们。我被邀请,并且认识了刘仲华先生,他正是这个机构的高级职员,人们都叫他刘专员。他并不是主办晚会的人,但是人们知道他是喜欢听歌听戏的,谈吐又风趣,便邀他来做陪客了。

当有人把我介绍给刘专员的时候,我倒有一种似曾相识的感觉,也心想着他一定常去曼声吧。后来我们在同桌吃饭,别人才又深一步地介绍说:

"柳梦小姐,刘专员最喜欢听你的歌了。"

我虽然欠欠身,说了声"谢谢",可并没有放在心里。而且那天刘专员只顾和别的豪饮的人喝酒,实际上也没有跟我谈什么话。只在一个很自然的时候,向我举起酒杯说:

"柳小姐,听你唱歌有一两年了。"

只是这样而已。许多单身的男人,年老的或年轻的都有,常常有听歌的习惯,而且整年地坐在他所习惯的位子上。醉翁之意不在酒的听众固然每天都有,但大部分都是为享受一个悦耳目、清心胸的晚上。如果有人要想入非非,那是他们的思想自由,别人又能怎样呢!但是确实有无聊的客人,写了许多恶意的批评,或者肉麻的谣言,登在小报上,我们哪又奈何得了呢!

过了不久,果然有人告诉我,在一张晚报上,看见了一首赠诗,是给我的。我并没有太注意,只希望那是一首不太肉麻的诗就好了。后来就有不知名的人,剪了寄给我,是一首七言绝句:

杯酒岂浇万斛尘,
萍踪何幸识斯人。

客窗寂寞风怀老，
　枕畔依稀徵羽声。

　　我并不知道这首诗是谁作的，因为诗前面虽然写了"赠柳梦"的字样，署名我可很陌生。又过了一些时候，小喇叭才告诉我，就是那天所认识的刘专员写的。
　　我也不知道这首诗写得好不好，还有什么其他的意义没有。我只念到高二就休学了，不像妹妹，我不是念书的材料，何况那时要紧的事，是我不能再赖着人口繁多的表姨，我应当有出来谋生的念头了。在国文课上，我当然念过不少诗，但我写的却是白话文。古典的东西，我是一窍不通啊！我还不如母亲呢，她还是个高中毕业生，我连高中都没有毕业，是周家里学历最低的人了。人家赠了我诗，就像对牛弹琴一样吧！
　　又有一天，前台递进来一张纸，说是客人要求柳梦今天唱一段《王昭君》。那晚我本来很疲累，实在不愿唱这样费力气的歌，但是怎好辜负客人对我的期待呢，所以我还是唱了。
　　等到进后台去，雪子才跟我开玩笑说：
　　"知道是谁请你唱的吗？"
　　"谁？"我并不在意是谁。
　　"就是那位寂寞专员呀！"
　　"寂寞专员？"我不懂雪子在说什么。

雪子向我坏笑了：

"就是写什么寂寞怀老,在枕头边儿还听你唱歌儿的,那位最最寂寞的寂寞专员呀!"

从此以后,寂寞专员这个称呼,就在曼声厅喊开了。我并不喜欢人家拿一个不相干的听众,跟我这么开玩笑。如果人家还没怎么样,我倒先闹起来了,是很不好的。而且,我也没有和听众交际的习惯。这要怪雪子,她每次从后台的板墙隙中看到前台,发现了刘专员,就立刻会向我做鬼脸说:

"寂寞专员来了,你今天唱什么给老头子听啊!"

刘专员并不是一个很老的老头子,他五十岁,穿着整洁的西装,也很潇洒,只是在年龄上,该做我的长辈就是了。

和刘专员有了交往,知道他是一个多么关怀我的人,我很感激。他要我多多学习,闲下来也要读读书。他喜欢做诗,就常常把自己做的诗讲给我听。他也买一些书籍送我,无非是些旧文学上的东西,他要把我训练成一个文学歌星的样子啦,可是我整天唱的却是什么"郎是春日风,侬是桃花瓣,但等郎吹来,侬心才灿烂……"这类庸俗浅薄的歌词。可是他怎么喜欢听呢?有一次也是他告诉我,听歌不是听歌词,是听歌谱和歌喉,有时连歌词是什么都不知道,歌词并不重要。

他安慰和关怀我,又教我读书,就像是一个老朋友在临死时,把女儿托付给他一样,我对他是非常非常感恩的。

刘专员只有一个人在台湾,是老妻在大陆生死未卜的许多男人中的一个。他们从中年渐入老年,思念家乡越来越厉害,有许多人在这里又成了一个家,这是大家都会原谅的,谁不希望有个家呢!但是刘专员却像一个守节的女人,并不动心,他常常说,几时才能回到家园,看看老妻和儿女啊!

谈到大陆的家,我并没有像刘专员那样厉害地伤感和怀念的情绪,因为自从无知的幼年跟着做军人的父亲,跑遍了大江南北,说老实话,究竟哪儿是我最思念的地方,我并不知道。要不,就是徐蚌的战场,让我有一天看看父亲战死的地方吧。现在我只有一个挂念的地方,那就是台南了。无论如何,飘零的感觉,倒是和刘专员一样。那天我们谈起"怀念"这个字眼儿来,刘专员写下了"穷愁无奈两心同"的诗句,我很喜欢。

有了刘专员这么一个老朋友,常常给我一些人生的指点,虽然是"穷愁无奈两心同",却也彼此慢慢地对生活有了信心,而且只有刘专员知道我供养着一个念大学的妹妹。

我和刘专员的认识和交往,原是纯洁的,虽然大家拿"寂寞专员"来开我的玩笑,我却不在乎,只要无愧于心,也就无所谓。

但是人类的情感是多么难以预料呀,今天中午,就在今天中午,刘专员约我到松鹤楼小吃。这一阵子,他常常约会我,有时也让我约了雪子,他很希望能改造雪子对人生的观念,可是雪子倒像一个顽固不化的小女孩,她那种玩世不恭的态度,真没办法。当面,她竟能吃一位长者的豆腐,背后又叫他"糟老头子"。她把刘专员当做一个来歌场只是为了看女人、想入非非的那种男听众了,因此她跟刘专员说不上半句正经话,全是豆腐。

松鹤楼今天的客人不多,是大都散去了,因为我来得晚。

刘专员今天不太说话,喝着一点自己带来的酒,闷闷的,仿佛有心事。他掏出一支派克笔,一个小日记本,大概要记载一些东西。他低下头来写。为了思索,头慢慢地摇着,两鬓有些白发了,两个眼袋兜在眼睛底下,松松的。眼角也随着上眼睑垂下来了。真的,寂寞专员老了,真的老了。许久以来,我都不觉得,今天竟发现了。怪不得雪子要叫他"糟老头子"呢!可是就在这一刹那,他突然用左手握起了我的右手,沙哑的声音,很快地说:

"孟珠,跟了我吧,我们组织一个家庭!"

什么?啊?吓住我了!我在惊慌失措中不能回答。

他抬起眼来,眼睛已经垂成三角形,那眼袋,松松的。啊!不,他说错了话了,他喝了一点点酒的缘故。但是我不能回答。他紧紧地握住我的手,我缩不回来。他说:

"明白么,孟珠?"他的口气还是对小侄女的啊!

我当然明白他的意思,但是我不能回答,不能点头,太突然了,吓住了我。他也会奇怪他怎么能说出这样的话吧?但他不是坏人,只是他不应当这么说。在急慌中,我说:

"让我想想,刘专员。"

他到底老了吧?他的手没有力量了,松开了在他掌握中的我的手,我缩回手来,浑身是麻木的,血在往下流的感觉。

他这时也仿佛从说那种话的情绪中恢复过来了,他轻轻地拍拍我的肩头,没有再说什么。

不是很轻松的一顿饭,像他往常在饭桌上送我一本小说,或者展示他的诗篇,或者听我说雪子的故事和别人的故事那样轻松的情形。有东西堵在我的胸口,受了惊,也不自然了。难道他不吗?我相信他也是一样的。

下了松鹤楼,我说:

"您该去办公厅了吧?我还要上衡阳街买点用的东西。"我茫无目的地穿越马路,向热闹的市区走去,在人群中挤来挤去,让来让去,碰来碰去。人家停住脚看皮鞋窗,我也停下来,但是没看到什么,心里想的事,也不完全,这不是很糟糕吗?我得上哪儿停下来,换换脑筋,但是不要回家去,因为家里太冷静,要逼你去想。我现在只想换换脑筋,不要再想,去看一场电影吧。

再穿过马路,走过平交道,回到电影街上来。随便进哪家电影院都好。

进了万国,还有十多分钟。戏院也很冷静,想必是个不卖座的片子。今天不挤固然好,可是刘专员会不会这时也进来了呢?会不会也像我一样,办不了公,索性出来看场电影呢?说不定啊,他是常常这样做的。他告诉过我,他的公事很轻松,而且他的办公室离这里也不算远。说不定他并没有回办公室,也在街头彷徨,在想他说的话究竟合适不合适,最后还是苦恼地进了电影院。也许存在心里很久的话,今天终于说出来了,他感觉到轻松了,却把苦恼转嫁给了我。

他想对我说这种话,究竟有多久了?他不会是开头儿就想说的,不是,我一直是他的侄女辈啊!那么是最近才想说的吗?那样地犹豫之后,跟着就冲口而出,对于这种年纪的男人,也不是一件毫不费力的事吧?

许多女人为了各种原因,可以嫁给一个像自己父亲那样年龄的男人,生活过得也满幸福。但那不是我。决不是我。

电影很好看,一个简单的侦探故事,紧张也紧凑。不能卖座的原因,我知道了,不是彩色的片子,没有著名的大明星。

走出了黑白的银幕,又来到彩色的闹市了。我在街上再绕绕,替菊菊买些内衣。天凉了,早晚要加一件薄外套,再为菊菊买一件。过些日子该回一趟台南了,如果曼声满了期,无论续订,或者跳槽,我都会有一段短短休息的日子。

到大东园去吃一顿丰富昂贵的晚餐,给自己豪华一下子。算算给菊菊又买了好几套衣服,虽然我知道她会骂姊姊,但是我不给她买给谁买?好在下一期的合同,如果没有加三分之二酬金的话,我是不唱,出来混了好几年,也学着油条点儿吧。

我提着大包小包去蔡家。说取回我的薄外衣是借口,想借此松散中午那绷紧的心情是真的。

四

一听就知道是谁上楼来了,雪子。总是急促快速的步子跑上许多层,停一歇,又慢慢地走两步,再咯噔咯噔地往上跑,然后就喘着气地推门进来,把高跟鞋踢在一旁,光着脚,把自己往沙发上一摔。

今天,她又是以同样的姿势来了,坐上沙发就问:

"有没有什么吃的?"

"到现在没有吃午饭吗?"

"跟那个鬼姓方吃了一顿怄气的饭,看见他那从嘴角上吸气的样子就讨厌!我问他是不是牙疼,干么老往牙缝里吸气。"

"为什么讨厌他还要跟他一道出去呢?"

"在家闲得难受。"

"也可以来找我呀!"

"找你?"她瞪着长睫毛的眼睛:"找你两次,都吃了闭门羹。嗯——你近来好像也忙起来了,生活不寂寞吧?"

她说完又往我的屋子四处张望,好像要搜寻点什么。我不知道怎么答复她,也不知道她问我的话是什么意思,便到碗橱里去给她拿来吃剩的咖哩饺,是昨晚午田买来的。

盒子打开了,递到她面前,她拿出一块来吃,却鬼样精灵地问我:

"没听说你爱吃咖哩饺呀?"

"不许换换口味吗?"

"换口味?"她哈哈大笑起来,咖哩饺的碎渣,洒了一身。她今天穿的是黑色的绉绸洋装,天气有点凉,长袖、紧身,把她缠裹得像一条黑蛇。襟上别着一朵漆皮的玫瑰花,显眼极了,很会打扮,因此男人见了她,总会很快地要向她做一番试探的。她笑得我发呆。

"你也在换口味啦?怪不得!"她还是接着大笑。

"雪子,你想到哪儿去了?疯子!"我知道她在某方面总是敏感的,她把"换换口味"想成换男朋友了,但是这种语气是多么多么地下流啊!

"柳梦,你别装得太正经,人人的心里都不干净。我在街上,还有在曼声的附近,看见你好几次了。寂寞专员倒还是常常来,可是你的手腕上又换了个年轻的哟!对糟老头子有点腻了,是不是?年轻的,你可还没给我介绍过呢……"

"雪子,你别那么糟践人,不要说起刘专员就用那么不敬的语气,他也很看得起你的。"

"柳梦,你真好,你总是把每个人都说得那么好,那个年轻的姓什么?也那么好吗?怎么好人都让你遇见了?我没说刘专员不好,我正在这儿替他难过呢!"

真奇怪,看她疯疯癫癫的,可常常会把人情世故一眼看穿,仿佛她已经知道刘专员曾对我要求过什么。近来确实和刘专员见面稀少了,但这不怪我,除非是有正经事,我一向是很少主动找他的。自从松鹤楼一别,到现在已经快两个星期了,他只差人送过两本小说和一盒巧克力糖来，并且写了简单的信说，很喜欢我唱的《相思河畔》的韵味，巧克力是香港友人带给他的，他并不爱吃糖，所以送给我了。他可能是在等我的答复，因此不好再找我，我是说过"让我想想"这种话的，他就等着了，不是吗？可是我怎么答复他呢？这种事情也不愿跟雪子谈，她不会很诚恳地跟我谈，她是玩世不恭惯了。真是，茫茫人海，倒没个可商量的人了。

"你在想什么？"雪子打破我不着边际的呆想。

"我么，在想是给你倒一杯热开水，还是开一瓶橘子水，因为你这个人是冷热不定的！"我笑笑说。

"今天喝橘子水吧，压一压中午对姓方的冒的火气。"

刘专员是知道雪子的，他很能同情有不幸遭遇的人，到底是人生的体验多了。午田就不，从开始就对雪子没好印象，所以我也很少讲起我跟雪子是好朋友，也就少跟他谈起雪子的遭遇，大部分的"正经"人都不会同情她的，我知道。所以刘专员知道雪子的故事，午田是一点儿也不知道。

雪子原是一个纯朴又美丽的半乡镇的女孩子，家世很好，可说是耕读世家的女儿，虽然父亲去世了，但是靠一些田产，母亲带着她们姐妹几个过活，还是不成问题的。她可以安安静静地做一个小镇上读书的女孩子，可是太早的成熟，使得她在十四五岁上就恋爱了，爱的是她不该爱的人——在我们传统的"门当户对"的观念下，她爱上了她家工人的儿子，一个在大学苦读的青年。这样的恋爱，是为家庭所不容许的，所以她大胆地和那青年双双私奔到台北来。却不想那个大学生竟遗弃了她。从此，倔强的她不再回家乡，一方面是惭愧，一方面也是她变态了，要在男人身上报复。于是，为了自食其力，她选择了这么一份靠天生的姿色和音色便可以赚钱谋生的职业。

一个人怎样才可以好好地生活下去呢？怎样的生活才是真正有意义的呢？想想歌场的那些同伴吧，数一数，看谁最美满？不，谁比较美满？或者，唉，谁又比雪子更幸运些呢？

雪子虽然玩世不恭，但她可是个有思想的女孩子，我们还谈得来，一方面固然是我同情她，她也常说，喜欢一个跟她绝对不同类型的朋友，好借以彼此鼓励，也许可以常常给她一些启发，所以她选上了我。可是当我们彼此吐露心声的时候，她说的实在比我说的多得多了。好像她是要找个说心事的对象，而又不接受任何人的劝告，无论是刘专员或是我。她并不避讳她交了什么新朋友，开始雪子总是说"这个人好像还不错"，但是到最后，总是不愉快地打散了。她又说在这种卖唱的生涯中，反正是不会遇见真正信任你的人，所以干脆就玩玩算了。

雪子很喜欢《卡门》这首歌，但她并没有在歌场里唱过。有一次，在一个私人的同乐会上，她表演了《卡门》，给我留下了深刻的印象。她穿着黑丝绒旗袍，襟上插一朵玫瑰，耳朵上是晶亮的钻珠大耳环。这样的打扮，更衬托出雪子的热情。我还跟她开玩笑说："你表演的是黑色的热情。"可不是么,她以歌声和美色以及热烈的表情,去蛊惑男人,吸引他们的注意,然后玩弄爱情于掌上。她这样作践自己,如何是了?

我不知道姓方的是什么人,也不知道她所交的那些男人到底是不是像她所说的那样无情,或者只是因为她的变态心理,常常给自己造成一个设想的陷阱,然后跳下去,来满足自认是报复的手段,反倒害了自己。

今天午田是说好来找我的,如果雪子不走,可怎么办,我喜欢跟午田谈话,可我又怎敢说我是喜欢上他了?他并没有向我表示爱情,说不定他只是把我当成一个他谈话的对象罢了,像雪子一样。

还记得那是最初最甜的一个晚上。午田把我送到歌场后,又跟我说:

"我在附近和朋友谈件事,完了,我会来接你。"

我很惊奇地答应了,虽然不知道他要怎么个接我法,可是我心中很高兴,脸上也热起来了。我好像是个从没有接触过异性的女孩子,第一次和男友约会。不错,他确是我心目中的第一个男朋友,这个,刘专员又怎能在我心中有同样的地位呢!他的口气多么肯定,并不说"我可以不可以"那种征求意见的话,就这么决定了。这就是他的固执而又天真的脾气,不要说我没有事,我如果真的有事,又怎么拒绝他呢!

那天的时光显得特别早,也许是因为天气温暖舒服的关系。街上的行人还很多,店铺还没有打烊。我为了要买些第二天的早点,便和他走进了一家兼卖热饮小吃的糖果店,坐下了。

听说店主人是位艺术的爱好者,经营这片店,不是为了营利,却是借店铺来发挥他的艺术才能。所以店里的装饰特别考究,而且时常换花样。壁间,楼梯口,每一个角落都不放弃装饰的重要。屋角放电唱机的地方,有一个金属的架子,挂着一个金属的鸟笼,里面的一对小翠鸟吱吱喳喳地叫着,让人一进门来,就有一种说不出的愉悦的心情,也许这正是店主人会做生意的地方。

午田和我坐的是靠近一个装饰架的地方。那上面摆了两个小小的盆景,中间是一箱热带鱼。各色的鱼儿在水藻中穿梭,游来游去。海藻中有一朵小小的黄色的水莲,像指甲那么大而已。我很奇怪那是生在水中的什么花,仔细地研究了一下,才发现是一朵塑胶制的假花,故意嵌在水草中。午田说:

"人类的智慧,给人生到处弄些虚假的花样儿,可是这么讨人喜欢。"

午田说的真有意思,可是你不跟他熟了,他才不说呢。总忘不了在蔡家刚认识他的时候,那种抿着嘴金口难开的样子。

一边饮茶,一边欣赏鱼儿的游姿。虽然都叫做热带鱼,可是也像人类一样,外形不同,大小不同,游姿也不同,相信它们的个性也不同。最大的那条银灰黑条纹的,游得最慢。它好像是一个经过姿态训练的"贵妇鱼",是那样高贵骄傲而稳重地慢慢游上去,决不肯摆动一下身子，以免破坏了高贵的气质。它不像游上去的，却像是被水的力量推升上去的，因为连它的尾鳍都一动也不动。那种鲜红色的小鱼就不然了，它急急忙忙地在水中游来游去，一会儿到了顶上，一会儿藏在水草中。

我和午田看鱼儿们的游姿，很有兴趣，我转过头问他：

"你知道这些热带鱼的名字吗？"

午田先是摇摇头，接着就笑笑说：

"我想我知道。那条大的，也许正是庄子在濠上看见的那种鱼吧，因为它很从容。"

"哦——"濠上，我在中学的国文课上读过的。

午田又说："它那稳重而从容不迫的样子，也正像你在台上唱歌的样子。"

"真的？！"午田竟把我比成一条鱼，觉得很有趣，我笑了。他只听我唱过一次歌，还是那么不情愿的，却把我唱歌的样子记住了，能说对我印象不深刻吗？我很高兴，又觉得他的比拟有趣，快要笑出声来了。我又问：

"那么那条小红鱼呢？"

"小红鱼呀，"午田说，"那不正是那个叫雪子的在唱歌吗？穿着鲜艳的衣服，那么活泼，那么快乐，摇首弄姿地满场飞。"

"快乐？"我不由得顺口而出，"你又不是雪子，你怎么知道雪子是快乐的？"国文课没忘记，还可以学濠上惠施的口气呢！

是的，谁知道表面快乐的后面，隐藏的是什么滋味呢？逗人欢笑的小丑，不常常就是最悲惨的人物吗？雪子是我的好朋友，是我最同情的女孩子。雪子也常常被一般人引以为是我们这类女孩子的典型，说她浪漫啦，玩弄爱情啦，但是谁使她这样的呢？她快乐为什么还要哭泣呢？

我呆呆地望着玻璃鱼箱，想着雪子。这时小红鱼儿也游得慢了，它升到鱼箱的顶上，沿着玻璃盖，慢慢地游。玻璃盖上反映出鱼的影子，看上去，像是一对红鱼在比肩而游，但那只是个幻想罢了。也正像雪子，实际上，她是多么孤单而无依靠啊！

午田答了什么，我并没有注意，我从茫然中醒过来，午田正对我笑着答复我的话，我只看见他的洁白整齐的牙齿，却什么也没有听见。对于生活在另一面的人，你何必多做解释呢！正像音乐对于每个人的感受是不同的一样。

这是一次甜甜的回忆，可以说是和午田真正开始交往的第一天了。

蔡家的人一定没有想到，我们这一星期来，已经撇开了他们家而独立来往了。在我住的小楼，我们度过几个静静的黄昏和夜晚，那天在街头上散步到很晚，他才把我送回家。他可以到歌厅送我接我，却从不进去，我也不邀请他。我知道午田是尊重我的，但是并不尊重我这份职业，我可以体会出来。他虽然没说什么，但是不说比说出来更可怕,不是吗?和午田在一起的情趣,我是喜欢的,也许因为这是在我这种环境中不容易得到的缘故吧!

你看他多固执,我这里有一架小小的电唱机,他可带了他的那些古典唱片来听,他说从不听热门音乐,这份固执,倒也变得可爱了。

五

雪子还在沙发上打赤脚,午田已经敲门进来了。雪子猛地从沙发上站起来,好像遇见鬼似的,我为他们介绍时,直想笑,因为想起了那条小红鱼。

想想看吧,午田当然没有笑容,也仿佛从来不知道雪子是什么人,没有听我说起过似的。呆坐了一下,雪子知趣了,无聊地拿起了手提包,告辞了。她一定在想,还没见过这么一个不解风情的男人吧!

原来今天午田是要约我去听一个正式的音乐会,这对我倒真是个讽刺。是一个著名的儿童歌唱团的公演,午田告诉我,主持者是一个富有的人。有几个有钱人肯出钱来为孩子们办一个练习唱歌的组织呢?倒也有趣。

这也是第一次,我和午田在公开场合上露面,虽然这也是一个唱歌的场合,同样要购票入场,可是性质、气氛、听众,却完完全全地不同了。

在那两小时静静听孩子们的歌唱时,每个听众都露出微笑而喜悦的面容来,正像每个唱歌孩子的天真光彩的面容,让人对人生有了无穷的希望。

十岁左右的孩子,唱歌时也一样能表现出歌的情调来。那些歌,我真喜欢,它使我进入了另一个境界,纯洁、静怡、想哭。大部分是世界名歌,译成中国的文字,像意大利名歌《珊塔露西亚》,这是很动听而熟知的歌,也不顶难唱,连孩子们都会唱。是不是教授时老师会把歌词讲解给孩子们听呢?否则他们怎能唱得那么美妙?歌词很可爱:

黄昏远海天边,薄雾茫茫如烟,微星疏疏几点,忽隐又忽现。夜已昏,欲何待,快回船上来,珊塔露西亚,珊塔露西亚。

海浪荡漾欲眠,入夜静静欲眠,何处歌喉悠远,声声逐风转。……

更动人心弦的,是舒伯特的《菩提树》:

井旁边大树前面,有一棵菩提树,我曾在树阴底下,做过甜梦无数。我曾在树皮上面,刻过宠句无数,欢乐和痛苦的时候,常常走近这树,常常走近这树。

仿佛像今天一样,我流浪到深更,我在黑暗中经过,什么都看不清……

眼睛真是什么都看不清了,不知道是歌声感动了我,还是歌词,或者是孩子们的天真,使我不能忍耐,人家在热烈鼓掌的时候,我可用手绢用力地揉我的眼睛,人家会以为有一粒砂掉进我的眼睛里了,其实是有许多莫名的伤感和快乐,化成一股泉水,流下来了。

我也在幻想着,时光如果能倒流,让我再回到孩提时代吧,矮矮的,小小的,穿着短短的裙子,雪白的袜子,也让我上台,排在那行列里,高歌一曲吧!

《蓝色多瑙河》上场了,听说是他们的看家本领的歌。歌词共有四百多字,够他们上几堂国文课加起来那么长。他们背着唱下来,真了不起。

演唱会闭幕后,听众们都带着无限欣慰的情绪回去了。我的耳边还荡漾着孩子们一个个淘气的脸蛋儿,在唱那首美国民谣改编的《王老先生有块地儿》:

> 王老先生有块地儿,他在田边养小鸭儿,它≪Ý≪Ý这儿,它≪Ý≪Ý那儿。……他在田边养小猪。……

我们都很兴奋,散了场还不到十点,散步着回到我的小楼的家,也才不过十点半。我请午田再进来坐坐,如果他有兴趣喝一杯我煮的咖啡。

是喝了咖啡的缘故吗?午田特别谈得起劲,话题当然还没有离开刚才的演唱会,和那几首世界名歌的改编,谈到《菩提树》,自然也就谈到了舒伯特,这位短命夭折的作曲家。

午田说:"舒伯特,是不能缺少贝多芬的,在舒伯特短短三十年生命中,贝多芬是舒伯特最崇拜的伟大人物。"但是在午田为我仔细地讲述这两人的故事时,我发现午田对舒伯特的崇拜,真不减于当年舒伯特对贝多芬的崇拜了。

午田告诉我说,传记上对于贝多芬临死前和舒伯特的一段记载,虽然各有不同,但意义总是差不多的,那就是说,舒伯特在贝多芬死前的几天去拜访贝多芬,已经病重临危的贝多芬对人说,让舒伯特先进来。对于舒伯特所作的曲,贝多芬称赞说:"真的,舒伯特内心所充满的,是圣洁的光辉。"贝多芬死后的第二年,冢边的青草还没长高,这位崇拜贝多芬的热情青年,也死在他的未完成的交响乐上,临死还不断地念着贝多芬的名字。

他又说,舒伯特也算是一个多产的作曲家了,在那么短促的三十年生命中,他所作的歌曲,超过了六百首,真是歌谣曲之王了。像《云雀之歌》、《菩提树》、《小夜曲》,这些熟知的歌曲,都是出于舒伯特之手。

话题又扯到交响曲上,还是午田的话:

"听高尚庄严的交响曲,可以使人达到心灵崇高,情操纯美的境界。"他停一下,忽用略有不屑的口吻说:"听雪子的歌儿,岂能和交响曲比!当那些心中充满了情欲的听众,高喊着要雪子'扭一个'的时候,那怎么能算是听歌!那是摧残女性!虐待女性!"说到后来,他竟愤慨起来了。

午田讲的是雪子,并不是我,他是把我置身在歌场以外了,但这也一样使我尴尬的呀,他可一点也不觉得。我听了他这么多的音乐故事,不由得问他:

"你教书的时候,教的是什么?"

"英文哪!"他不知道为什么我要问这个,带着疑问的口气回答我。

我笑笑说:"我以为是教音乐,你有那么丰富的音乐常识。"谁知他又带着淘气的口吻笑说:

"但是我常在英文课上讲音乐,黑板上抄的尽是英文歌词。学生们抄歌词比写课本有兴趣多啦,女学生尤其欢迎我的作风,他们的英文比上正式课也更有进步。可是,我再这么教下去就要被学校开除了,不赶快辞职还等什么!"他说得轻松,我也听得有趣。

午田走了,屋子里还留着他的谈笑声。生活好像充实了,生命也更有价值和希望。为了希望而生活,总是快乐的。但我的希望是什么呢?菊菊是我的希望,那是不用说的,但那是不同的,我对午田寄予另一种希望,是说不出的。

我满心喜悦,很想把和午田的相识,写信告诉菊菊,可是,话又不知从何说起,反正我不久就要到南部去看菊菊的,那时也可以倾谈啊!

六

刘专员又差人送来了一张条子，上面说："不见你面，几近两旬，绿洲楼下有墨西哥式便餐，可往一尝，明午如何？"

两星期来觉得很抱歉，这样冷待一个爱护我的人。但爱护不是爱情。因为他这样爱护我，我常常依赖他，也常常想着怎么报答他。像去年冬天的时候，我陪他去买毛背心时，找不到合适的，我便自告奋勇地说：

"我给你织一件算了。"

他也欣然接受，我们就去买了线来织，又宽松，又暖和。他说这是他一生中最合适的一件毛背心。说这话的时候，他是慈祥的，像一位伯父。这是我对他的恩情，恩情也不是爱情啊！我在逛商店的时候，也会顺便买几条手帕送他。知道他咳嗽了，也会买两瓶什么灵的药品送去。是不是我不应当这样做，这样做了，才引起了他的误会？可是他说过的，我像是他的一个没父亲的小侄女。

那么，是不是我在无意中所做过的对他的回报和关心，确实含有爱情的意味？

我难过的是，如果让我因为回绝他，而做出什么断然拒绝的行为来，我是不肯的。他年纪越来越大了，也越需要"家人"般的温暖，可家人除了配偶以外，还有儿女、侄甥、兄弟、姊妹呢？

我再问问我自己，如果我没遇见午田，情形又当如何？会不同些吗？会考虑真的跟刘专员组织一个家庭吗？我到底有没有一点点爱他的意思？

午田只是一个初交的朋友，彼此知道得并不深切，而且，我有许多地方还在他的否定中呢。我的职业，我的学识。我还不清楚他的过去。在这一点上，他可没有刘专员和我之间更自然和彼此了解了。

如果能够用缓和的方式，把我该答复刘专员的事情，冲淡或拖延下去，仍旧回到我们伯侄般的状态中去，那就好了。那么我该怎么做才好呢？

绿洲的墨西哥式的便餐，也许是一顿更难以下咽的饭。我没去过，相信那里的情调不会坏，只是，如果刘专员问到我："孟珠，想通了没有？还没答复我呢！"我该怎么说？如果我说："我跟您的年龄不配合。"或者："我并不爱您。"都不是妥当的回答。那么我就说："我已经有了朋友了！"那么那个朋友又是谁呢？无论绿洲的情调如何，无论墨西哥式的便餐是如何的可口，对于我，都是无心去欣赏的。

今午到明午，也还有二十四个小时，不要伤透了自己的脑筋吧！我也可以像雪子一样，到处走走，疏散疏散我的愁闷。

说实在话，依靠了刘专员，何尝不是一个很好的归宿，免得再这么在人海中飘荡了。他虽然年纪大了些，但并不是老态龙钟，他很健康，喜欢听歌，又幽默风趣，这就代表了年轻的心情。同时刘专员的地位也不错，安定的生活是不成问题的，更何况他一向就爱护我，不会遭到"遇人不淑"的事情的。也许如果我真的没遇见午田，情况会不同的。那么我又为什么不约了午田同去呢!

我的两脚在散步,脑子可也没休息,终于在红色的电话亭里,扔下了一个角子,听那边零零的响声停止了,接电话的并不是刘专员。我留下了话,说:

"请告诉刘专员,我明天带一个朋友一同去绿洲。"

这个决定很冒失,也只好这么做了,这岂不是逼出来的!

这个电话打了,我的心情轻松了些。我可以再打一个电话给午田,就说,一个和他是大同乡的长辈,约我吃饭,我希望给他们介绍认识,因为他们都是来自鱼米之乡,也许会谈得来。这是个设计,并不是诡计,我只是想冲淡那逼人而来的侵袭啊!

绿洲很安静,厚厚的地毯,暗黄的灯光,每个桌上有一个烛台,点燃起来,可以增加饮食的情调,把狼吞虎咽这件事,弄得美化了,这是外国人的聪明。

我和午田先到了,刘专员还没有来。这时正是下班的时间,中山北路的交通是要耽搁一些时候的。

我们在角落上挑了一张桌子,我面向着门,可以看见所有进来的客人。当我正跟午田谈着我所知道的刘专员时,他就来了。刚进到暗处来,是不容易找到人的,我站起来迎上去。刘专员今天很好,我是说他的精神和态度。他含笑地说:"你们早来了!"真像一个温和的长辈。

我说:"我们早来了几分钟而已。让我来给您介绍……"

看,"我们"和"你们"岂不是已经分出两个部分来了。

男人在交换名片。刘专员读着午田名片上做事的机关名字,然后说出几个他所熟识的人,是他的朋友,可都是午田的上司之类的人物,毕竟年轻呀!

午田见了师长辈,很有礼貌和大方地应对,刘专员也就老实不客气地以长辈自居了。午田管刘专员叫"乡长",刘专员称他做"老弟"。

他们谈得很融洽,我坐在一旁,反而没有话说了。

我默默地吃着墨西哥饼,味道还不错。他们谈话的时候,也有时转过脸来问我一两句话,但多半是刘专员,他到底年纪大些,知道应当使在座的人都不拘束,也不要受冷落。当刘专员谈到一件什么事时,曾对午田说:

"孟珠这孩子真不错,还供着妹妹念大学。"

午田轻轻地答应一声"是"。当午田对刘专员提到我的时候,都是称呼我"周小姐"。我也对午田说,刘专员很照应我,应该说是我的监护人。我这样说,好像故意对午田说明刘专员和我的关系,我不是太自私了吗?

刘专员一点儿也没有不同平常的态度,实在是让我敬重的人。让那天的事情,过去就算了吧,就像什么都没发生过一样。让一个教我古典文学的人,和一个教我古典音乐的人,相安无事地并存下去。

两个多星期前的那顿饭,是我没想到的,今天的这顿饭,也是我没想到的。

七

我是乘夜车来的,在卧铺上睡得很甜,一觉醒来,就要到目的地了,天已大亮。说回到南部来看妹妹,有多久了,却一直安排不妥当,这次正好乘着合同满期,休息几天,妹妹也有四天的假期,我就回来了。

手上的行李不少,大包小包的,一个人实在有点拿不了。

"姐!"

正在我没办法的时候,听见这样的一声喊,抬起头来看,是菊菊,没想到她会来接我!她总是用一个单字"姐"来喊我,是多么亲密的声音,单纯而轻快。

有半年不见菊菊了,她念了大学,也二十岁了。头发留得长长的,不再是清汤挂面短发齐耳青光脖子了。是一个青春气十足的少女,发育得丰满而健康。脸上的皮肤,绷得紧紧的,亮亮的,好像有一层水果的浆汁,布在皮肤的里面,熟透了,就要流出来。我不由得捏捏她的嘴巴,她笑了,露出洁白的贝齿。

"菊菊,你怎么能这样早就跑来接我?"

她接过我从车窗口递给她的大包小包,甜甜地笑笑。

我们俩并着肩走,比比个子还是我高些,可是菊菊就要超过我了,就要超过姐姐了。我想着抿嘴笑了。菊菊不知道我笑什么,但是她也很高兴,说:

"姐,我们是到表表姨家去,还是……我并没有告诉她们你几时来。"

"那就不要去打扰她们了吧,三四天,我就找一家旅馆住好了。"

我们在台湾没有亲戚,只有这么一房攀扯不清的,表而又表的表姨,我们从小就叫她表表姨,把两个"表"加在一起,可见是一表三千里的远亲了。妈妈在生前,讲过我们的亲属关系,每次去表表姨家,她也会像说故事似的,仔细地再温习一遍,但是回过头来,就又忘了。

表表姨年纪大了,很重视亲属的关系,因为她常常说,只有亲戚才可以使人温习过去所熟悉的生活、人物和景象,给寂寞的现在一点儿温暖。我和妹妹,自从父母去世后,一个亲戚也没有,所以每次我和妹妹到表表姨家去,她一看见我们,就会半开玩笑地说:"二孤女来啦!"这还是她早年做女孩子时候所看过的一部著名的电影。

表表姨很疼爱我们姐妹俩,总希望我每次来住在她家,可是我都没有去,并不是因为她是军人的眷属,过着俭朴的生活,我不要去打扰,而是我另有打算。

自从我老远地到北部以后,把妹妹一个人丢在学校里,虽然她是大学生了,我也一样地不忍心。我愿意和妹妹静静地亲近几天,只几天,我又该回到人海浮沉的台北去了。我当然会去一趟表表姨家,扰她一顿晚饭,跟她痛痛快快地聊上半天,我的大包小包中,也有给表表姨带来两罐她爱吃的虾油霉豆腐。

到了旅馆安顿下来,我从旅行箱中取出给菊菊带来的东西——

袜子、鞋、衬衫、花裙、别针、手帕、钢笔、眼药水。菊菊看了这些,噗哧笑了:

"这是做什么呀,姐!"

我尽管往外拿,她又说:

"袜子、手帕,我都快留了有两打还没用,而且,"她拿起眼药水,"我的眼睛早就好了,只是前些日子有些发炎而已。早知道不写信告诉你了!"菊菊说着,撒娇地撅起小嘴。

我坐在床上,说:

"不要太用功了,要是弄成个大近视眼,够多难看!眼药水每天滴一滴不管有病没病,总是有益处的。"我望着妹妹白净纯洁的脸,不由得还要多说几句:

"平常连电影都不看,就整天埋在图书馆里?"

菊菊转过脸来笑了,那样甜:

"哪里有时间呢,功课忙死了。可是,姐,"她说着,蹲在床前我坐的地方,两手扶在我的膝头上,仰起脸对我说:"我最近参加了学校的合唱团,今天晚上刚好有一场合唱会,你来听。"

"你唱什么?"

"我?soprano①。"

"啊!歌喉一定美极了。"

---

① 女高音。

"不过在合唱团,你所听到的是大家的合音。"

菊菊很少问到我唱歌的事情,她是个十足的读书的女学生,女学生也有很多会唱流行歌曲的,但是菊菊并不,她对这,一无所知。我不知道她也对歌唱有兴趣,而且加入了合唱团,又唱的是高音。这对我该不是个讽刺吧!

我们休息了一会儿,谈谈她的功课、她的同学、她的合唱团,又试试我带来的外套和尝尝一些零食,一个上午就过去了。该出去吃饭了,她提议我们去吃度小月的担仔面,这是我们小时常去的地方。

度小月的门面,还是那个老样子。小时候我们不知道怎么发现了这个地方,这样好吃的小碗面条,就常常和菊菊一同来。一碗两碗是不够解馋的,常常擦擦嘴出来,妹妹问我:

"你吃饱了没有?姐。"

"没有,你呢?"

可是我们口袋里都没有钱了,只好耸肩笑笑,我跟表表姨学来了一句俗语,逢到这时候,便对妹妹说:

"晚饭少吃口,活到九十九。"

今天我们又来到这儿了,不好意思坐到矮座上去对着煮面的人,便拣了个"雅座"坐了下来。

我问妹妹:

"你一个人也来吃吗?"

"不了。很偶然的,跟同学来吃过一两次就是了。"

两碗小小的面来了，精肉屑和碎猪肝制成的卤酱，再放一些芫荽，两枚熟虾，一点蒜酱，一点虾卤，就成了度小月的特殊风味。听说这卤酱传下来几十年了，门上的纸灯笼，和门匾上画的小帆船，却包含着一段主人纪念先人辛勤的故事，人们来吃面，大概很少想到这些吧！

我吃着面，看着娇美的妹妹，忽然想起问她：

"你有没有男朋友？"

菊菊惊奇地抬起头，脸一下子红了，说：

"怎么问起这个来了？"

"随便问问。"

"我的男同学，都是我的男朋友呀！"

"不是这个，"我笑了，"我是说要好的呀！"

"嗯——"她把筷子头顶住牙齿，说："让我想想，有没有。"

我也不知道我为什么要这样问。妹妹接着吃她的面，却意外地沉默起来，一定是在想什么，也许她心中还是有个什么人，不到说出来的时候就是了。

菊菊忽然也问起我来了：

"你呢？那天表表姨还问我来着呢。"

"问你什么？"

"问我，你姐姐有没有男朋友，我说我不知道。"

我还没答复她，心中却浮出了两个人影。我没答复，妹妹竟也不

再问了。但是当第三碗面拿上来的时候,她又对我说:

"上回刘伯伯来,还给我买了一套……"

"刘伯伯?"我一时竟不知道她在说谁。

"就是你叫他刘专员的。"

"噢!"我笑了,真糊涂。"是的,他告诉我了,到南部出差,顺便来看你,还说带你看了场电影,还有你的男同学一起,所以我才问你有没有男朋友呀!"

"哪里,我那同学来找我有事,正好刘伯伯来了,我们那个男同学,外号叫'政客',最能谈,不管老少。他跟刘伯伯谈得很好,所以刘伯伯就非带我们一同去看电影不可。他可不是我的男朋友,他只是个'政客'呀!"她说着笑了,那个同学该是个很突出的学生。但是我不知道妹妹为什么在问我男朋友之后,竟又提到"刘伯伯",我希望是我自己敏感,而不是妹妹敏感,但愿他一直是"刘伯伯",一个很好很好的刘伯伯。

这顿饭,吃得很轻松,把台北撇在一旁,把曼声厅撇在一旁。

菊菊说她下午还要练唱,不能陪我,给了我一张晚上的入场券。那样也好,我下午就先去表表姨家,吃完饭再去听妹妹唱歌。

学校礼堂的气氛,是和歌场大不同了!我到礼堂,还差十分钟,已经坐满了听众。我独自进去找座位的时候,好像稍稍被人注意了一下,也许我的服饰告诉人,起码我不是学生,但人们不会知道我是周菊同的姐姐,一个也是唱歌的姐姐。我日常并不爱打扮,其实在台北我那环境中，我还是属于最朴素的一个。比如今晚，我没戴耳环，没穿细细尖尖的高跟鞋，难道还没有去掉一些不同平常的气质吗？气质是最没有办法掩饰的东西了，无论如何，我离开学生时代有好几年了！

坐在这里的听众，一张张都是活泼而纯洁的面孔，他们快乐地低语着，兴奋地等待着启幕。我坐在他们的中间，显得不太相称。我也很想和他们交谈，但是算了吧，在这群孩子中间，我是很不重要的，而且，菊菊从来没有把同学介绍给我过，哪怕一个半个。这本来也是我们姐妹俩一个无言的约定，在妹妹那方面，没有人知道她有一个在台北唱歌的姐姐，在我这方面呢，也从不对不相干的人讲我有一个念大学的妹妹。即使是午田，他也许只是从韩老太太那里知道我有个妹妹在南部读书而已，相信他也不会知道得更多。

我虽热爱歌唱，并没有想到以在歌场卖唱来养活妹妹，但是既然走了这条路，也受了些委屈，想到可以期望的妹妹，委屈也不算委屈了。妹妹太用功了，可是我又多么高兴她是用功的呢！

一阵掌声，打破了我的沉思，幕开启了。台上是肃穆的，黑白两色服装组成的合唱团员，一共五六排。我急着找菊菊。在相同的服装下，本不容易看清楚，但是我一下子就看到了。因为她的面孔最红、最亮、最圆、也最甜。青春人人都有过，但上帝赋予纯美的却很少，我妹妹却是少数中的一个。她的脸儿挂着微笑，端庄地站在那里，人人都会被她纯洁又美丽的面容所融化，这个世界也会因此而有美好与快乐存在。

在许多知道和不知道的歌曲中,我最喜欢《常常在静夜里》那首。"灭孤灯,听细雨,忆从前快乐光阴,旧时堂宇静无人,灯光已灭花冠久谢,空余孤客自伤神。"听了这样的歌词,会使人潸然泪下。看,如果依照我独站在歌场台上的唱法,唱到这些歌词时,就不由得要用手去扶持着麦克风,表示歌儿给了我难以忍受的感情。但是这些孩子们唱时就不同了,他们在指挥棒下,轻轻地、温和地唱出来。他们的态度是安详的,歌声也一样动人心魄。每个人心情都怪沉重的,仿佛老了。直到那首热情澎湃的歌曲《唱啊同胞》演唱了,才把大家沉重的情绪扭转过来。唱歌,是多么能引发人的感情啊!

将近两小时的演唱结束了,听众在满足而似乎兴犹未尽的情形下,离开了礼堂。

我独自走在街上,文化古城的夜,来得早,没有太多台北那些向人眨眼卖弄的霓虹广告灯,只有几颗星,一阵微暖的风,伴着我独行,这里的天气比起台北,是要暖上好几度的。

三五一群归去的学生们,都愉快地谈论着刚才演唱的情形,也有一两声轻吟慢唱从我的耳畔擦过:

"女郎回家吧,女郎啊!""女郎,单身的女郎,你为什么留恋这黄昏……"

这是那首《海韵》中的歌词,我听了怎能无动于衷。

对于这个歌唱会,我也不免有些感触。先是那一张张天真纯洁的脸儿,那充满了青春、朝气与希望的歌唱会的气氛,跟着我的眼前又浮起了另一个烟雾弥漫、幽暗沉浊的歌场,以及那里的听众,在这样强烈的对比下,我的心情又怎能不波动呢!

我独自回到旅社,收拾洗梳,想要早些休息,但妹妹来了,我本以为她今晚一定回学校宿舍去睡,不会来了呢!

"我想想还是来了。"菊菊的脸上充满了喜悦和兴奋。

我把点心拿出来给她吃,并且冲了一杯牛奶,我说:

"你辛苦了,歌唱会很成功。"

"真的吗?台下的反应怎么样?"

"太好了,想不到的好,大家都这么说。"

她是饿了,大口地吃着点心,喝着牛奶,顾不得说话。吃了一阵才说:

"喜欢哪个歌?"

"我很喜欢《常常在静夜里》和《唱啊同胞》,台下一般的反应,也似乎如此。也许这是容易讨好听众的歌。"

"这两首歌给人两种绝对不同的情感,是吗?"

"灭孤灯,听细雨,忆从前快乐光阴……,它不是太凄凉了吗?"我听一次已经会吟出这几句来了。

"有时候我们需要一点悲哀和忧伤来调剂情绪,就像看悲剧电影常常是我们所喜爱的娱乐一样。唱一首黯然神伤的《常常在静夜里》和热情的《唱啊同胞》,同样地都可以使我们紧张的神经松弛一下。

你说是不是,姐?"

菊菊几时变得这么会说话了?成套的理由,像连珠炮般地放出来。人受了较高的教育,到底是不同些吧!

我点点头,表示完全的同意。

停一下,菊菊忽然又兴奋地叫我:

"姐!"

"嗯?"

"姐,你不是也可以唱《常常在静夜里》吗?喏——"她放下牛奶杯,急忙从提包中拿出一叠东西,"这份唱词和歌谱我给你,明天我再去要一份。"

"好的。"我嘴里答应着接过来,心里不免在摇头!天真涉世未深的妹妹,也许不知道姐姐所唱的歌词,都是很浅俗容易懂的,即使是再凄惋的歌调,也不过是像那"虽然是千山万水隔离,但愿在梦里相依"的词儿罢了,我的大部分听众,怎么能欣赏像"旧时堂宇静无人,灯光已灭花冠久谢"这样高雅的辞句呢!

奇怪的倒是向来不谈姐姐唱歌的菊菊,怎么有兴趣给了我歌谱,又鼓励我唱它呢?也许她是无意的,出于天真和兴奋,真是个孩子啊!

四天在台南,一晃就过去了,我又回到台北来,披起歌衫,再唱下去。

从台南回来,还带着南台湾晴朗的心情。我虽然没有、也不可能真的去唱那首《常常在静夜里》,可也拣了几首一向难得一唱而比较轻松的歌儿，就像《踏雪寻梅》吧，是学生、歌唱家唱的，我们歌女也唱：

雪霁天晴朗，腊梅处处香，骑驴灞桥过，铃儿响叮当。响叮当，响叮当，……好花采得瓶供养，伴我书声琴韵，共度好时光。

几个连续的"响叮当"，一个个的提高声，韵律是轻快的、跳跃的，句句唱出了我的心声。响叮当，响叮当，仿佛整个歌场，每个角落，都有叮当的响声了！

南行所遗憾的是，几次想告诉妹妹我认识了一个叫许午田的人，结果到了嘴边还是没有说出来。不说也好，因为我也应当像妹妹一样，不要认为一个男人和一个女人单独在一起，就是了不得的事情。再说，午田前些日子和蔡先生谈话的时候，还说过想要出国念书的话，那么，我又有什么可期待的呢！

八

刘专员悄悄地离开台北了。我说他是"悄悄地"，是有理由的，当他几次说到台中去看看时，我都以为那是很平常的出差而已，谁又知道他是暗示我要离开台北呢！自从生活中有一个午田以后，和刘专员就渐渐地疏远了，这个疏远是很自然的，只是像许多好朋友在很忙的时候，会有一阵子很少见面一样。所以当他自台中来信说，已经调离台北,匆忙中未及辞行时,我才惊觉地发现,我是这样地疏忽!我赶紧写了一封信去道歉。我说,我连一顿送行的饭都没有请他,好在台中台北只有半天的火车路程,我也高兴我如果到台中去,会有个可探望的人,也说不定有一天跟台中的什么歌厅订了合同,唱到台中去给他听呢!……

其实我说这样的话,真是自欺欺人,台北的歌女怎么会唱到台中去呢!我不过是心中有愧,写些话来安慰安慰他就是了。我真是心中有愧吗?又有什么可愧的呢?我太软弱了,我对刘专员是无愧的,是他扰乱了伯侄的辈分,并不是我。他又来了一封信,只轻淡地说几句他在台中生活的安定和安静,并无一点怀念台北的话语,却附了两首诗给我:

一

海角何缘萍水逢,
穷愁无奈两心同。
青衫红粉樽前泪,
凤舞鸾歌一梦中。

二

人间何处是壶中?
情到深时着意空。
细板红牙歌已倦,
一生恩怨大江东。

刘专员每次写了诗词,都会念给我听,并且仔细地讲解,我真从他那里得了不少学识。可是这回没有了。因为他已不在我的身边。不过,我自己也能揣摩出这诗的意思,前段中"穷愁无奈两心同",是他以前一首诗中的句子,现在又移到这里来用,可见他自己是多么喜欢它。其他的诗句,虽然有我不懂的典故,可是"情到深时着意空",我该一下就看出来这是他对我的失望,但是他的长辈和监护者以外的情意,我又怎能接受呢!

那么刘专员是为了我才伤心地离开台北吗?我又怎能负起这样的感情的担子呢!他现在既然能够放弃对我的某一种感情,而仍保持着旧有的友谊,那是最好不过了。

午田说得对,时间可以冲淡一切。午田也是给我鼓励的人,但和刘专员是不一样的,就像有一次我说,雪子像一根草一样,微微的风,就能把她吹倒。午田就不以为然,他说,一根小小的草,也有它脚下立根的土地,狂大的风往往可以把大树吹得连根拔起,却不见得能吹倒一根小草的根!……听听,这样的解释,我从来没听见别人说过,他一向是否定雪子的一切的,但这话却实在给了我有力的启示。也可见得他是一个很理智的人,在理智之下,感情的发展是不是不容易呢?我说的不是普通的感情,我是说爱情。他到今天还没有表示过对我的爱,难道他是另一个最初的刘专员?只拿我当成一个身世飘零值得同情的女孩子?因此就像一位远房的叔叔一样的照顾和鼓励我?

可是昨天他的动作,我不能忘记。

大好天气的深秋，在台北是不容易的，所以在一连串的晴朗的日子里，蔡太太兴致来了，闹着要在周末做一次郊游，目的地不远，就在北投。偏偏到了周末，细雨纷纷。午田说蔡太太铁定的事情，你不能改变，我们应当在任何情形下，都有同样的兴致，所以我们一行八人，来到了游客稀少的山上。因为有了老人和小孩，便先到旅馆中歇下来。大家洗了温泉澡，吃了午餐，孩子们出不去，隔着走廊的玻璃窗，欣赏半山上的雨景。韩老太太吸烟，蔡先生看报，蔡太太收拾东西。大家都怪无聊的。午田忽然说：

"走，孟珠，我们雨中逛山去！"

大人懒得动，孩子们不许跟，只有我和午田有兴致，这兴致也是午田硬送给我的。

我们都穿着雨衣，他还打着伞，手里拿着照相机。雨并不大，但一直是纷纷在落，所以没有雨声，却有风，即使是小风，也把雨伞吹得不好拿了，午田说：

"不打伞你赞成不赞成？"

我说："我最不怕风吹雨打了，何况还有雨衣和雨帽。"

他把伞折合起来。这回可好了，风微微一吹，雨丝就像烫衣服用的喷水壶一样喷到我脸上来，我也不去擦它。

他转过头来笑了，像淘气的男孩子：

"受得了吗？"

我再告诉他：

"怎么！我不是说我最不怕风吹雨打吗？"

走过了几个岔路口，转来转去，也不知道对不对路，脚下有些地方也是泥泞的，都得他扶着我。

终于来到了最高处，这里有一家新盖的温泉旅馆，规模很大，旅馆外面四周都有可观望风景的平台。我说：

"我们不知走了多少冤枉路？"

他却说：

"爬山像人生，看起来是走了许多崎岖的路、冤枉的路，但终于爬到山顶。"

"很吃力。"我说。

"但可贵。"他说，然后打开照相机，"试试看，能不能在雨中的山顶上照几张好照片。"

天空阴雨，没有较亮或较暗的分别，只要挑喜欢的地方就可以了。我指着远处的观音山说：

"能把观音山安排在我的身后面做背景吗？"

我站在那里，他在对光圈，山顶的风大，雨丝直往我脸上扑，我不知道他什么时候会咔嚓一下按下去，所以不敢动一动。可是他忽然把照相机从他的脸上移开了，走了过来，两手扶着我的双肩，把我的身子转偏一点，从口袋里掏出他的手帕来，擦着我的沾满了雨珠的脸，然后注视着我，轻轻而快速地说：

"好美！"

他的脸离我很近，呼吸的热气，我已经微微地触到了，他只要不费力地低下头来，就可以碰到我的嘴唇，我的面颊。这里没有别人，只有我们俩。可是他没有，他的勇气哪儿去了？但他确实显得迷乱了，退回到拍照的地方，我不相信他站的位置是对的，我的姿势也走了样儿。

我们都没有再说一句话。他拍完后合起照相机，我们看了一会儿远处蒙蒙雨中的观音山景，又朝下坡回路上走。他拉起了我的手，找出了一句话：

"冷不冷？"

我摇摇头。互握的两手，仿佛是两股暖流，直暖到心底，心在微微地颤动，我问他说：

"保证照得好吗？"

他没有答话，更紧地握住我的手。

"也许照片洗出来只有观音山，没有我。"我说着转头过去看他的脸。他挑挑眉毛，笑着说：

"你也会开我的玩笑了。"

回到旅馆，平哥儿和小甜妹还扒着玻璃窗朝外看，怪可怜的，午田从窗外给小兄妹俩照了张相。进来后，午田把拍完的底片卷下来，交给我说：

"麻烦你去冲洗吧，把观音山的那张，给我放大一张。"

他说时竟故意不动声色，像没事人一样，也很坏啊！

雨中的郊游,是一次甜蜜又动我心弦的事情,让我把它记在我的日记本上吧!

我的日记还没写完,不知什么时候,午田已经推门进来了,我捂着胸说:

"你吓了我一跳!"我的脸也在发热,哪里有这样巧的事,我在念着他,写着他,他就来了?我赶紧合起了日记本,拉开抽屉塞进去。他抱歉地说:

"在写信吗?打扰了你。"

我连忙说"没有没有",这时桌上还放着刘专员的信,诗是用毛笔写在另外一张宣纸上的,我不愿意拿给他看,一边慢慢地叠好装在信封里,一边对他说:

"是刘专员来了信,我忘记跟你说,他已经调到台中去了。"

"我知道。"

"你怎么知道?连我还是他来了信才知道的。"我很奇怪。

"上个月有一天,我在一家小馆子吃饭碰见他了,他说要调到台中去了。"他是迟疑了一下才说的。

"你怎么没跟我说起呢?"我更奇怪了。

"忘记了,也以为你知道,你不知道吗?"

"我很抱歉没给他送行,请他吃顿饭,如果你跟我说过就好了。"我这么解释,好像怪他,这也是实话。

"照片洗出来没有?"他不再理会我说的话,却又转变了话题。

"照片?"我忍不住哈哈笑起来了,"我们不是昨天才去的北投吗?今天早上我拿去洗的,也得明天才能看见呀!"

"观音山不知道拍得怎么样?"他走到窗边,看着挂在墙上的我的放大照说。

"你一点把握都没有,是不是?"

"不会的!"他没有回头,冲着墙上的我在说。然后他又转过身来忽然问我说,"给人送行,一定要请人吃饭吗?"

问得真奇怪,我不由得说:"借吃饭,可以做离别前的聚会谈一谈啊!"

"那么我明天要请你吃个便饭……"

"给我送行?"

"不,给我弟弟送行,他大学毕业,要去当兵了,是不是该给他送个行?"他说着自己也笑了。

"为什么请我呢?"

"做个陪客。"

"我跟他又不认识。"

"见面就熟了。你看,他当完兵,说不定明年就出去深造了……"

"出去,可比调到台中远多了!"

"可不是,更应当请了。"

不知道他的弟弟是怎样的一个人?我曾听说他们兄弟也像我们

姐妹一样，都是很早就出来独立了，但午田比我强的是，他还有父亲，因为母亲死了，父亲另娶，小萝卜头生了一堆，兄弟俩在这样的情形下，缺乏了亲生母亲的照顾，便很早离开家庭出来独立了。总是哥哥照顾弟弟的。他们不悲伤，不愤怨，只有一心的努力。蔡先生常常说，午田是他最要好、最敬佩的同学。午田的字典中是没有"颓丧"、"悲哀"这种字眼儿的。但是我很想问，他的字典中有没有"爱情"、"浪漫"这种字眼儿呢？不能有时候也浪漫一下子吗？

我在呆想，不知几时，午田放了唱盘，是那张我喜欢的"哈泰利"。他也不说话，坐在沙发上，腿伸直交叠着，两手撑住头仰望着天花板。

唱机戛然而止了，午田才直起身子来，望着我说：

"没想到你喜欢哈泰利。"

"非常喜欢。"

"为什么呢？"

"因为我很怕它，所以喜欢它。"

"很特别的话！"他有点惊奇地看着我。

"它的调子很特别，我对它有一种特别的感受。以前我每次在收音机中听到播放，便会放下一切工作或思想去专心听它。我听到它，总觉得我是在一个陌生可怕的地方，有什么力量掌握着我，我必须挣扎、克服，因为我又爱它又怕它。"

"你说又怕又爱的，是指的那个陌生的地方吗？"

"是的，也许那是在冥冥中我所追求不到的地方，也许那只是下意识中我对现实环境的反抗。每次听着它,我就会呼吸紧促些,不知为什么。"

真的,我现在便发现我的两手不知不觉地紧按着沙发两边的扶把,我还没有从"哈泰利"中恢复过来。

这样地沉默了一阵,午田从他坐的沙发上站起身,走向我这边来。他哈腰弯下身子,两手撑在我头靠着的沙发背上,这样,他就把我围住了。我一动也不能动。

"孟珠,"有热气哈在我的脸上,"你不要怕我。"

"为什么?"

"我不是个陌生的人。"他侧身坐到我左手的扶把上,"有人要我多多照顾你,不要再受风吹雨打。"

我不知道那是谁对他说的,他又将怎样照顾我,但是在那一瞬间,已不容我再说话,许多期待都融化在他压迫着我的呼吸的热吻里。我闭上眼睛。我很怕他,很爱他,像听"哈泰利"一样。眼泪从我的眼角淌出来,向耳后流去。他的嘴唇又压在我的眼皮上、眼角上,顺着眼泪的痕迹移到耳后、脖颈上,然后埋在我的肩头上。

九

我上次跟曼声厅只订了三个月的合同,一转眼就要满期了。小喇叭已经升任了经理,他找了我两次,我都不在家,想必是还要续订下一次的合同吧！我订不订呢？拿不定主意，如果午田说一句："不要唱了！"我会立刻顺从他的意思，把合同送回去，可是午田从不表示对我这份职业的意见。很烦恼，又不便直接去问他的意见，我们是很少谈到家庭的，不知道是不是因为他是个男人，因为男人很少婆婆妈妈地去打听人家的私生活。他也从来没对我谈到他要出国的事，只有听见蔡先生问过他，夏威夷大学的奖学金怎么样了？而他的答复也只是很简单的几个字："很有希望。"

今天我刚一进曼声厅，雪子就对我说，小喇叭在找我。我还没换上场的衣服，先到小阁楼上的那间美其名曰的"总经理室"去。窄小的楼梯黑暗而陡直，后台真要不得！我敲了敲门，没声音，把门扭开，原来小喇叭靠在椅子上睡着了。我进去，惊醒了他。他睡眼惺忪的，精神并不是很好。我发现他的头发也白了一些，他有多大岁数了？不过四十多一点吧？喇叭吹了二十几年，唾沫不知喷出了多少，现在放下了喇叭专管经营的事情。他虽然是个喇叭手，但常常以小丑的姿态对听众对朋友，刚一见他的人，以为他是油滑的，但是交往了以后，会觉出他为人的诚恳。现在不知是因为他做了经理，还是年纪和情绪的关系，小丑的姿态减去了许多，倒显得没那么活泼了。

"你来得正好，我找了你好几次，听说你有了知音的朋友。"他笑着说。

"别开玩笑吧。"

"我们说正经的，你考虑好了没有？"

我猜得对，是续订合同的事，我在想，来不及回答，他又说了：

"下次要跟你们多订些日子，不能三个月三个月订了。"

"日子多了更没有人要订。"

我说的是实话，台北的歌厅，在这半年来，骤然地增加了好几家，听说还陆续有挖角的风气来到我们歌厅了，该是台北繁华的现象吧！其实，一个歌厅即使常常满座，收入也很难平衡的，歌女们待价而沽，老板们也很苦。小喇叭跟我说过几次这样的话：

"柳梦，你是曼声厅忠实的拥护者，别家谁找你，你都不会去的，我知道。"

其实小喇叭只说对了一半，如果我要打开自己的前途，还不是可以跳到别处去，我不喜欢到处客串，增加声誉和开辟新路，实在是不愿意有更多的发展，如今，只要有人说一句话，我随时都可以告别歌场的，等待这句话已经很苦了，现在小喇叭又逼我，我真不耐烦了。

"你知道就好了，我并没有要到别家去呀！"

小喇叭立刻展开了笑容，"你说了这句话，我就像吃了一颗定心丸。柳梦，你真是好孩子，五年前，我在康乐队发现你时，就觉得你的气质跟那些人不同，你看，五年来，我们合作得多么好，我们仍然要继续地合作下去。"

"合作下去？你以为我要唱到老掉了牙？！"我瞪了他一眼。

他哈哈哈哈地大笑起来，那笑我知道，是为了我答应他续订合同，并不是因为我说了什么幽默的话。但是立刻他又停止了笑声说：

"还有一件要紧的事,我还没跟你说。柳梦,春节我们想组织一个外岛访问团,带些轻松的表演去,你是康乐队出身,也曾经在外岛出过风头,你有好几年没出去了吧?"

"嗯——"我在考虑,"恐怕不行啊!"

"有什么不行?"

"嗯——"我是想到早晨接到妹妹的信,信中说她在春节想到台北来玩玩,这是难得的机会,我怎么能扔下妹妹跑到外岛去呢?我问小喇叭:

"要去多久?"

"总得两个星期,……"

"啊,不行不行!"我还没等他说完就接口说,"你知道,我妹妹要来台北的啊!"

"啵——那么请你妹妹一起跟着我们玩一趟,算一名团员好啦!"

"不,完全不是。"我赶紧打断他的话,我的妹妹,怎么能跟我们这群人混在一起呢,小喇叭想错了,以为歌星的妹妹可以借姐姐出出风头哪!

"她如果会唱几段,不就更有噱头啦!"他还在鼓励我。

"啊! 不不不,完全不是那么回事,总之,我妹妹来,我不能去,很抱歉。"

"你一个人不能去,结果变成两个人都不能去了!"他摊摊手,很失望。

"怎么叫两个人？我妹妹又不是……"

"不是你妹妹，连你妹妹算上，三个人啦！"小喇叭的话，莫名其妙。

他停一下又说，"雪子没找你吗？"

"没有，怎么？"

"她说你去，她才去。"

"什么理由？"我更不懂了。

"我也不知道，你看，雪子近来情绪很坏，我倒是好意，劝她到外岛去唱唱歌，换几天环境，会好些的，她倒是答应了，可是非你去不可，她说的，你知道。她总还是听你的话。"

"听我的话？雪子不听任何人的话。其实，我们都不是听话的人，为什么非要雪子听人话呢！对不对？你再劝劝雪子去，不一定要我，好吧，我该上场了。"

谈话就这样结束了，但没想到我夜晚回家，刚进门，雪子就追了来，她一进门就说：

"听说你又续订了合同。"

"很勉强。"我回答说。

"很勉强？"她重复我的话，"难道有什么更好的前途？"

"厌倦了这唱歌的生活，你看，小喇叭给我算算，我离开康乐队到这儿来，一转眼都五年了，再加上康乐队的两年，就七年了。除了赚钱养家，还有什么意思呢！"

"七年了!"雪子也仿佛有了感慨,"可是蓓丽唱了十年了,离开了,又跑回来,嫁了人,又散了,加在一起有十七八年了吧!还不是在唱!"

"难道我们都应当像她?"我不知道为什么这样说。

"那么怎么办呢?"雪子又脱了高跟鞋,把脚平放在地板上,"柳梦,你不肯到外岛走一趟吗?"

我摇摇头,"小喇叭一定也告诉你了,我妹妹春节要来台北,我怎么能不陪她呢!"

"是妹妹,还是哥哥?"雪子撇着嘴说,我知道她又是指的午田,以为我在假妹妹的名,我从抽屉里拿出来菊菊的信,抽出来:

"你看我妹妹写的信,多可爱,她有了心爱的人,我不应当接待她吗?"

我坐近雪子,把信展开在我俩的面前共读,那信上说:

姐:

春节有一串假日,我要到台北去看你,你高兴么?你不要担心我不认识路,我是和几个回台北的同学同行的。你也不必来接我,她们会把我送到你的住处。瞧,我这土包子要逛台北了。

这次我主要的还要到台北去看一位老师,他在我中学要毕业那年为我补习数学——你知道我的数学有多糟——才使我顺利地考上大学。自从这位老师调到台北做事以后,我们还一直通信。他喜欢文学,喜欢音乐,喜欢旅行,……我发现我们很谈得来,也盼望有机会,给姐介绍认识,好给我一些意见,你愿意么?姐,我有好多话要告诉你,要跟你谈的……

信还没看完,忽然,雪子搂住了我的肩头,喊一声"柳梦"便哭起来了!

"雪子,怎么啦!怎么啦!"她哭得我莫名其妙,我扳开她的两肩,摇晃她,但是她却固执地用力搂住我不放。我不知道她哭什么,但无疑是妹妹的信给了她什么刺激。

"柳梦,"她终于满面泪痕地带着哭腔说,"我不是跟你一样有个妹妹么?可是,……"她又哭了。

是的,雪子有个妹妹,她跟我说过,比她小五岁,她离开家时,妹妹还是初一的小女学生,如今也该亭亭玉立了。她比我强得多,有个家,但是自从离开后,不肯再回去,宁愿在外面飘荡。表面看起来是倔强、好胜,其实是更懦弱。拿固执来掩饰她的懦弱,一旦崩溃了,便更不能自已。

"雪子,冷静点儿。"

我说了,她反而号啕大哭起来。让她哭一阵也好,舒泄舒泄心中的闷气。可是她又有什么闷气呢?我不得不止住她,安慰她说:

"雪子,天不早了,你也不要回去,就在我这里,我们俩挤挤睡吧!别哭了,楼下的房东听见了,不知怎么回事。"

雪子停止了哭声,说:

"真的为了妹妹不去外岛了吗?"

"你看我妹妹的信了,我怎么能在这时候离开呢?"

"你真是好姐姐,我不是好姐姐。柳梦,看了这封信,我也很想念妹妹,她现在不知道多大了!"她说着,用手上上下下地比个子,究竟她也不知道比多高才对,她好几年没回家了。听说她的母亲曾派人来接她回去,但是她并不要回去。是怕回到家乡被人耻笑,还是不能放开愧对母亲的心情呢!就这样在外面唱歌唱了三四年了,中间又历经沧桑,成了一块破烂布,这是她自己常常慨叹的,可是每次又都掉入陷阱,不能自拔。

"我也不是好姐姐,把妹妹扔在老远的台南,你知道的,我离开妹妹到台北来,我不过才进高中读书。"我说。

"可是你们只是身体的离开,心里并没有呀!"

"那倒确是。"我很同意雪子的说法,想起妹妹天真未泯的憨笑,她如今是在和中学的老师恋爱的样子了,爱情的力量多大,一向不肯来台北的菊菊,现在也要来了,我怎么能不等她呢!

"柳梦,你不去外岛,很使我失望,有你去,我就安心多了,你不知道我近来心情有多么坏!"

"雪子,你不要糟践自己。"

"一个人第一次的婚姻如果失败了,以后就再也弄不好了。"

"这是你的经验之谈吗?"

雪子抿着嘴点点头,不讲什么。

"你到外岛走一趟也好,没有我,也还有蓓丽大姐她们,都是跟你不错的朋友嘛!"

她听了我的话,摇摇头,咬着食指的指甲,眼睛呆望着面前的地上说:"她们还不是跟我一样,越谈越觉得人生没意思。"

我不知道答复她什么好,也疲倦了,便站起来说:

"一切明天再说吧,不早了,洗洗脸睡下吧!"

我上了床,很快就睡着了,但是夜半被什么声音惊醒来,却听见雪子蒙在被里饮泣,很凄惨,我又不敢叫她,只好装作没有醒,一直闭着眼睛,身体也不敢动,不久就又睡着了,不知道她是不是整夜地在哭泣。

天明起来,雪子还在酣睡着,就随她去吧!

天气意外地晴朗,大太阳照到窗里的桌前来了,也照到床头来,但是雪子并没有被照醒。她昨夜精神太疲倦了。我早上还要去练歌,也想着顺便到菜场买些小菜来烧烧,和雪子一起吃午饭。我收拾收拾出去了,给她留了一个条子说几点钟会回来。可是等我回来后,打开门,她已经没了影子,床上整理过了,外套不在衣架上了,那么她是走掉了。

难道她没看见我留的纸条?到桌前看看,她该是看过的,因为纸条散开了,并且在我留字的纸条上的空白地方,她又胡乱地写了什么小喇叭、外岛、妹妹、生生死死……这些莫名其妙的字眼儿,只是没有给我留下什么字。

我只好扫兴地自己煮了一锅乱糊面吃。自己吃饭的日子,快点儿结束吧,真受不了!常常在吃饭的时候想起母亲给我们烧小菜吃的日子,人不能没有母亲啊,为什么让她这样早就离开我们呢?雪子有个疼爱她的母亲,可是她不回去。对不起母亲,并不是一件重要的事情,因为她很快就会原谅你的。午田没有母亲,小喇叭没有母亲,蓓丽没有母亲,还有谁没有母亲?看,蔡太太有母亲,蔡先生有母亲,情形就是不同。

给妹妹回一封信吧,欢迎她早日北来,我也有许多话要跟她说呢!我们要说好多话,我们要挤在一张小床上谈整夜的话。

午田也来了一封限时信,说是要到高雄他原服务的学校要些证件,同时到屏东去看近来健康情形不佳的父亲,也或者顺便到军中去看看弟弟。

这封信,我看了并不舒服,去原服务的学校找证件,不就是说明要出去用的吗?我下次见了他,总还是要问个明白。

十

晴天的霹雷!晴天的霹雷!怎么让我忍受,怎么让我受得了!雪子自杀了!

昨晚在歌场,雪子临时请了假,据说是不舒服,这是可能的,因为她前夜在我家哭了一夜，眼睛必然是红肿难看的，而且精神也不会好。

我去找小喇叭，他也不在，这时候他是应当在的，我还没上场的时候，看见蓓丽大姐跟老张说什么，看见我，就停住不说了，怪不得！我还问他们，小喇叭哪里去了，他们也都摇头说不知道。我上场唱了歌，匆匆忙忙地回了家，不知为什么，上了床，辗转睡不着，耳朵也嗡嗡地响，这是从没有的现象，一直到听见隔壁楼下的鸡叫声了，才矇眬地睡去。这一睡，睡到今天的日上三竿才起床，也耽误了练歌的时间，只好又自己煮了一顿饭吃。下午三点，我才姗姗地下了楼，楼下药房的老板娘叫住了我，刚要跟我说什么，可是来了配药的客人，她又顾招呼客人，我只好走了。

我到老张家去练歌，他和他太太也不在，只有他那六岁的小侄女在。小侄女说："叔叔不在。有一个人从楼上掉下来了！"我说："谁呀？"她口齿不清地说："那个长头发的姐姐。"她说这话时，一点也不惊慌，可见这个姐姐跟她没有太大的关系，但是我忽然心慌起来了，仿佛冥冥中有什么不好的预兆，我出了门坐上计程车赶到曼声厅去，那里静静的，只有瘸子老孙在洗茶杯，离上客人还有好几个小时呢！

"老孙，小喇叭——不，经理在吗？"

我说了也后悔了，这个时候是任何人都不会在的，但是老孙却给了我答复：

"在，在楼上呢！"

阁楼的楼梯更暗更旧了，像在摇晃，还是我的头有点发昏？

这间"总经理室"在白天也得开灯，这时里面并没有亮光，难道老孙说错了，小喇叭不会在里面的。我推开门，在朦胧中，看见桌上有一团什么，原来是一个人趴伏在那里，我怔住了，不知怎么办，那确是小喇叭，他睡着了？他为什么这时候在这里睡觉呢？

我该不该叫他？还是退身走开？就在这一转念时，小喇叭抬起了身子，他怔怔地望着我，仿佛不认识我是谁，然后站起来，急步走到我面前，握住我的手，握住我的肩头，终于抱着我哭起来了！男人的哭声真不好听，真可怕！

"是我害了她，我害了她！雪子，我对不起你，我害了她！"

我跟着哭了，但是我完全不知道是怎么一回事，我是吓哭了，我完全迷乱了，为什么小喇叭对不起她，害了她？到底怎么一回事？

"柳梦，柳梦，我们的雪子不要我们了，怎么办！怎么办啊！"

他的哭喊声是这样地无助，我从来没有遇见一个男人是这样的，我也从来没有看见小喇叭是这样的，他原是我们歌场的主宰啊！他才一直是我们的好叔叔好伯伯啊！

"您别哭，哭得我更难受了，您告诉我是怎么回事，我什么都不知道啊！我昨天早上还跟她在一起，她哪儿去了？"

小喇叭放开了我，停止了哭声。

"柳梦，她死得这么惨！她怎么能狠心地从四楼上跳下去呢！"

我的腿发软，不得不坐下来，小喇叭也跟着我坐到沙发上来。

"是前天……"我要告诉他昨天和前天的事情,但是他不容我说下去,只顾自己说:

"柳梦,我老糊涂了!"他说了,两手撑在膝盖上蒙着脸,在回忆着,"雪子是个好孩子,可是好胜、倔强,走上不正当的向男人报复的路,一次次地再败下阵来。我实在看不过去了,我不忍心她这么下去,所以我……"

他抬起头来,深深地叹了一口气:"我就——我就向她求婚了!柳梦,我这不是老糊涂了吗?在歌场舞场里,我也混了二十几年了,一直没有想到结婚,人们也都知道我不随便跟女人胡来,我要让雪子信得过我,我不会像别的男人那样对待她……"

小喇叭这样说着,我的脑子里却一下子闯进来刘专员的样子。

"……可是,柳梦,雪子听了我的话,笑了,她说,我是在开她的玩笑。我知道我一向是开玩笑开惯了,所以她才这样想。后来我几次跟她很正式地谈,她又说,我在可怜她,她是不许人可怜她的。柳梦,我现在也糊涂了,究竟我是可怜她,还是爱她?"

"那么后来……"

"后来,"他又痛苦地说,"后来她竟告诉我,她的身体里已经有了别人的孩子!"

我并不觉得惊奇,我们这种人的集团不是名门闺秀的集团,即使这种事不是常常发生的,但发生了也没人觉得有什么稀奇,主要的是,小喇叭怎么处理这件事,我等他再说下去。他站起身来,走到桌

前,从抽屉里拿出了一张纸条:

"我对她说,孩子没有罪,不要牺牲掉,我们可以爱护他。于是我要求她立刻答应我,并且想变换她的环境,做一次外岛的旅行,回来后,她就可以从歌场退下来,我们成一个家。"

"她答应了吗?"

他摇摇头,把手中的纸条递给我看,上面的字迹很潦草:

"我怎么配得上您的爱,我是一块烂泥,扔掉我,像烂泥一样的扔掉我……"

纸条上并没有写上款和下款,也只有小喇叭知道这是写给谁的,因为这件事连我都不知道,就更没有别人知道了。

"柳梦,她是昨天晚上六点跳楼自杀的。"

"六点?"

"她真是摔得像烂泥一样!当时就没有气了,还送到医院去。"

"现在呢?"

"今天早上已经运回她家乡了!几年不肯回去的家,竟是这么样回去的!"

"怎么不告诉我一声?怎么我昨天来,这里就没有人告诉我,难道就没有人知道!"我气愤地说。

"柳梦,我怕你受不了,是我告诉他们别告诉你的。她死得太惨,太难看,我不要你看她……"

"雪子,雪子,是我对不起她,不是您一个人害她的,也有我,我为什么不答应陪她到外岛去!为什么让她一个人觉得孤单无助,才走到这条死路上!雪子,我对不起你!"

我哭倒在沙发上,小喇叭过来,抚摸着我的肩头说:

"柳梦,柳梦,你也不要哭。"

他沙哑着喉咙轻轻喊我,除此,他再也没话可说了。

十一

雪子的真名叫陈春绸。人生真奇怪,她活着的时候,咬着牙说永不回家乡,家乡也鄙弃她,死后却复归斯土。

在没去桃园那个小镇之前,我先给雪子的母亲写了一封信,我费了很多天的时间,才在她有一个做售票员的同乡那里打听到地址。我很难下笔写这封信给雪子的母亲,说明我要去拜访的原因,换了几张信纸,最后才简单地写了一封信:

陈伯母:

  我是令嫒春绸小姐生前的好友,对于她的亡故,我很难过。知道春绸亡后葬在家乡,我希望能到墓地去吊祭一次。下星期一的下午拟前去,并烦请您指示道路。

周孟珠鞠躬

我没有署我的艺名，这封信在礼貌上也许差一些，因为我没有半句安慰死者母亲的话，可是这正是我最难下笔的地方，因为我不知道雪子的母亲以及她的家人对雪子的死，是怎么样的想法。雪子离家好几年了，当初是被母亲以绝望的心情赶出来的，记得雪子曾对我说：

"我不是好孩子，妈妈最不喜欢我了。"

雪子虽然被家庭所弃，但是后来她离开那个大学生后，母亲也曾要她回去，是她自己不肯回去的，也不能怪她的寡母。就从死后又仍卜葬在家乡这点看来，母亲疼爱女儿的心，仍是存在的，像雪子这样的女儿，让任何做母亲的人都会伤心的。

我怀着不安的心，来到这个以风景美丽、物产丰富出名的小镇。挨门找到了崇义里六号。我还没有敲门，一阵痛苦掠过我的心头：在雪子生前，我没有机会认识她的家人，却在她死后来拜访她的家园，人跟人之间的机缘，竟是这样安排的。

在村镇上这是相当讲究的住宅，在一排带亭仔脚的台湾式楼房中，雪子的家是特别用花瓷砖砌成的墙柱。

我敲敲门，等一会儿，没有声音，再敲敲，随便轻轻地推一下，因为门是虚掩着的。我探头看，静极了，没有人影。

正在这时，身边响起了一个女人的声音，用台湾话问："找谁？"我回转头来，"哦！"我叫出来了，吓了我一跳，不由得退后几步。是雪子！不，不，不是雪子，只是和三年前初见雪子时同样的一个女孩。该是雪子的妹妹，有十七岁了吧？可不是，初见雪子，她就是十七八岁，现在她死了，也不过才二十出头……

我怔怔地想着，站在面前的女孩要推门进去，我才醒悟过来，赶快说：

"噢，我是要找——要找一位陈太太的，我从台北来，姓周。"

女孩子似乎明白了，她很腼腆的，嘴里喃喃着，推开门请我进去。然后她带点娇羞地从肩上把书包取下来放在椅子上，一边喊着"阿母"，跑进去了。

这里是常见的台湾家庭的摆设，一张长条儿，上面供着神祖牌和长明灯，临街的窗下摆一张八仙桌和几只圆凳。从窗明几净看来，主人并不寒酸。这样的家，雪子竟不能住下去吗？雪子的父亲虽然去世多年了，但是由雪子曾提过三七五减租使她家的收入减少了的话，可见她家还是属于有产的这方面。墙边摆着一个书橱，里面尽是些日文书籍，雪子还是书香子弟呢！

从甬道里传出来拖鞋走路的声音，是女主人出来了，穿着灰色线呢的旗袍，头上绾着香蕉髻，手上戴着金首饰。我见了她，赶快鞠一躬，叫她一声"伯母"，希望给她一个较好的印象，不要让她怀疑什么。

陈太太并不擅辞令，和背后站的刚才那个女孩一同算上，两个人简直就没有说出一整句话来。我再说一遍和信上差不多的话，然后静静地望着主人的气色，看她会不会跟我絮絮而谈，倾诉她失去女儿

的经过。但是并没有,陈太太只是回过头对女孩说:

"娥仔,带她去你阿姊的……"

娥仔点点头,浅浅地牵动了一下嘴角,不像是笑,不像是说话,却像极了雪子。我真想说:"和春绸一模一样的。"但是我怕我说了就要哭出来,所以我没有说。而且,"和春绸一模一样的"这句话,在雪子的母亲听来,也不一定是一句吉利的话。娥仔也只是体态和面形像极了姐姐,性格,有几个像雪子那样的呢!

就这样,没有再多的话可说,我拿起了手提包,说声谢谢,便跟着娥仔出来了。在短短的几分钟里,想和雪子的母亲建立起友谊来,似乎不可能了。

默默地走出了市区,我和娥仔还没交谈过一句话呢!

娥仔短短的学生发,细长的身材,简直是雪子的化身。但我几次想说的"你真像你的姐姐"的话都咽回去了。为了打破我们之间的陌生,我还是找了一句最普通的应酬话:

"在哪儿上学?"

"女中。"她简单地回答。

"名字是叫陈娥吗?"

"不。陈春娥。"

"噢,也有个春字,是和你姐姐排行叫的。"

她难为情地笑了,轻轻地说:"是。"她的发音像许多中文发音不正确的人一样,"是"是用"四"说出来的。但雪子可是个有语言天才的人,她不但唱中文歌曲,也唱英文和日文歌,以及唱西班牙文的《西班牙姑娘》和韩文的《阿里郎》。

"雪——嗯,你姐姐春绸提起过你。"

唉,雪子提起她妹妹不过是几天前的事啊!

娥仔笑笑,没有答话,是个娇羞的女孩子。对姐姐恐怕也因为多年不见而陌生了吧!她哪里知道姐姐在生前是念着她呢!

走到郊区外不远,就看见山坡上的荒冢了。那里有一处是长睡着雪子的地方。当娥仔指向前面那棵树的时候,我的眼泪已经忍不住要流出来了。

到了树阴下的坟墓前,我忍着泪对娥仔说:

"你姐姐终于回到她的家乡来了!小妹妹,这里离你家不远,你要常常来这里陪陪她,她常常跟我提到你的。她生前过得那么热闹,实在是一个最寂寞、最无依无靠的人了。她无论做错了什么,现在也应当原谅她……"

我哽咽住了,不能再说下去。眼泪从我的两颊不断地流下来,我也顾不得了,随它流去吧!娥仔的眼睛也红了,向我点点头,表示答允了。

"谢谢你,春娥,你先回去好吗?我现在认识路了。让我一个人留在这里,静静地陪你姐姐一会儿。"

"好。"她含泪乖乖地答应了,便转身向回路上走去。

我望着春娥的背影在山坡下渐渐地短小。春娥还回过头来,我向她招手，她也向我招手。在那刹那间，我的意念混乱了，仿佛是在歌场的后台，仿佛是雪子唱完了歌在向我招手。

这地方看起来真奇怪，是一片山坡地，光秃秃的，没有树木，只有满地野草，唯一的就是在雪子墓旁的这棵弯弯的小树；很结实的树干，满树圆形的叶子，覆盖着雪子所躺着的地方，使她得到庇荫。这是风水先生选中的呢？还是雪子的妈妈选定的？新墓做得相当讲究，在这一带的坟墓中，可算是数得上的了。

墓旁有一块大石头，我坐下来，从皮包里拿出了盒子，里面是两朵绢制的玫瑰花，鲜艳的玫瑰红，被夕阳的残霞映照着，更染上一层光辉，但是雪子却在她光辉的年华时便深埋在地下了！

我把玫瑰花放在墓碑上，仿佛是插在雪子的头发上。我这时的心情反而平静下来了，想着雪子生前美好的那一面。她的唱歌的姿势，前台响着狂热的掌声和口哨声，小喇叭混在许多乐器中的尖锐的响声，仿佛在告诉我，有人要从泥淖里提她一把，她反而没有勇气了！

那么她以前的大胆和勇气，全都是假的了，她的身体里充满的实在是懦弱的虫虫！

懦弱的虫，这是谁说过的话？是午田，他说，不要做懦弱的虫，强壮起来。有一次他对他弟弟说的，就在送他弟弟入伍的小小宴会上，只有我们三个人。他的弟弟在谈话中说了几件过虑的事情，怕调到外岛去，怕爸爸忽然病倒，怕申请不到美国大学的奖学金，怕自费留

学找不到盘子洗,怕女朋友投入别人的怀抱,怕……终于,午田说话了:

"小弟,你的身体里充满了懦弱的虫,不能强壮起来吗?"

这就是午田对小弟说的话,小弟是他们妈妈去世前的最小的孩子,是曾被以幺儿的方式爱护着的,所以才充满了懦弱的虫吗?有午田这样的哥哥,把弟弟从再也无法照顾一个幺儿的家庭里带出来的,是真正的强,不是雪子的强,雪子一点儿也不强,一点儿也不。

在曼声厅里,谁又是强者呢?

蓓丽大姐吗?

是的,她被称为大姐,又受人尊敬,因为她与人无争,爱护小妹妹们。她唱了很多年了,从淡水河边的露天歌场唱到那次台风河水都淹过膝了,才随着游牧式的音乐家们到全省的每个角落去打天下。好像成功了,结婚,有了孩子,从卖歌的生涯中退隐。可是几年后又重临歌台,用"听众难忘的歌声"来号召,确实收到了效果,可是谁又知道她是因为储蓄被挥霍的丈夫花光了,离了婚,带着孩子,为了生活,才不得不回到台上来呢。孩子不小了,做母亲的因为恨丈夫,一定要把孩子抚养成人,这一点也做到了,是个用功读书的小弟弟。但是进了中学,已经懂事了,反而不满意母亲。不谅解母亲的苦心,也不喜欢有个满场飞被台下叫好的母亲,于是蓓丽大姐有了新的痛苦。她苦笑着说过:"像我们这样的女人,仿佛天生该配那样的丈夫和太保似的女儿才合适。"蓓丽大姐如果为了孩子,最聪明的办法是再度自歌场引退,但是生活呢?问题就在这儿。

露斯呢?人家也许羡慕她是歌场老板的太太,歌唱不过是玩玩票,出风头,哪在乎钱呢!谁又知道露斯是操纵在丈夫的手里,她没有经济的自由和不唱歌的自由。丈夫要她唱歌,挂头牌,却又恨听众那么捧她。他是个变态的丈夫。也许在那种环境,他是正常的?台下的听众越热烈,她越要受丈夫的虐待。真奇怪,有虐待狂的丈夫,也有受虐狂的太太吗?露斯好像一只无力的小鸟,想飞出樊笼都不行,她也就不得不忍耐下去。而忍耐成了习惯以后,反倒没了痛苦。也听午田说过,忍耐是力量。他说,诗人拜伦说过,忍耐力可以抵得世界上一切的才能,那么露斯是有忍耐力的,是强者了?我不懂。

还有白莹莹,光亮的名字背后,过的是暗无天日的生活,一个没有出息的丈夫,卑贱地伸手向她要了钱去赌博,去喝酒。她没有堕落,他倒沉沦了。可是好心的莹莹,竟不忍心抛弃这样的丈夫,麻木地唱着、唱着、唱着。

还有许琼、吴黛、金金,……数不清的生活背景,都是残酷而无望的。但是每个人的歌声都是那么嘹亮、美妙,她们有最动听的歌喉、最优美的姿势、最妩媚的笑容,……这些都不是懦弱,都是强壮,是不是?午田,我不懂。……

我用手蒙着脸,这样不知想了多久,把手移开,眼前亮了,不再是歌场上那些男男女女的影像。不过夕阳现在更斜了,快要从树梢上退去。我不是该向雪子告别了吗?

我站起来,靠在弯弯的树干上,再发一会儿呆。

雪子,这时我和你,虽不能讲什么,却应当是心灵相通的。你一定还有许多没跟我说的话,都带进了这阴冷的地下。少了你,歌场的前台不热闹,后台也冷清,我会有一阵子不习惯的。如果我听见那急促的、断续的上楼的脚步声,我一定会以为你来了。啊,不要又把高跟鞋脱掉,踢开,不要光脚在磨石子地上走,太冰太凉。如果你说出了一切你想说的话,你得到的结果就会不同,可是为什么一向爱说话的你,忽然变得沉默起来了呢?

十二

我从桃园赶回来,天已经暗了。回到家,楼下药房的老板娘招呼我说:

"周小姐,楼上有人在等你。"

"是谁?"

"是那个,那个,"她用手拍拍头,竟说不出是谁,"就是那个……唉!"自己也笑了,还是没说出来,忘了。

我想一定是午田,他该从南部回来了,老板娘认识午田是熟人,所以给开了门请他进去等我。

但是,当我上了楼,开门走进去,看见的却不是午田,是刘专员!实在是出我意料,所以我不禁"哦"了一声:

"是您。"

"是我。"刘专员从沙发上站起来,走向我,握起我的手,注视着我:"你好吧?孟珠。"

他的举止,不由得令我有点发怔,我要回答他说"我好",可是没来得及,他又说:

"我特意来看你,我不放心你。"

我不能懂,还是怔着,他握住我的手还没放,又说:

"雪子的事,我在报上看见了,我不放心你……"

啊——我不明白的心情,放松了!他是看见雪子的新闻,赶来看雪子的好朋友的,是来安慰我的,我真糟,我怎么能误会到别的地方去了呢!我拢拢在一路上吹散的头发说:

"唉!真是的,太想不到了,谁也忍受不了。您看,我就是刚从她的墓地回来的。"

"你先去梳洗休息一下,我们出去找个地方随便吃点儿东西,再谈吧。"

"您就在我这儿随便吃点儿什么不好吗?"

"你已经很累了,外面走来,换换心境。我准知道你这些日子很难受,忍不住还是自己来看你。"

"真是谢谢您,我还好。"我哽咽住了,说不下去了。真想倒在哪

里,给我一个依靠。他推送着我,朝我的卧室的方向:

"别难过,去换换衣服,梳洗一下吧。"

真是感激刘专员,在这样茫茫的人海中,常常给我安慰和帮助。我们来到安静的亚士多,在靠角的地方,找了个座位。除了小吃中多一个蠔子以外,我从来不知道这家以法国风味著称的西餐馆有什么更不同的菜,但是我喜欢它的是安静,没有太多的客人。

"您也好吧!"好像从看见他到现在坐下来,我才安定下来。

他点点头,微笑了笑,"我还好。前两天不舒服来着,不然,一看见报我就要来了。"

我们没有再说什么,沉默了一下子,点了菜。

"您几点钟到的?在我家等了很久吗?"

"没有,我第一次到你家,药房老板娘说你到桃园去了,我还想不出你到桃园去做什么?以为老板娘说错了。你不在,我就去看一两个朋友再回来。原来雪子是终于回家去了!"

"可是,是这样回去的!"

"孟珠,我们边吃边谈,雪子已经没有了,这个孩子可爱又可怜。我愿意知道她这次事情的详情,你如果答应不要难过,跟我静下来讲讲,否则的话,我们就不必谈她。"他说完看着我,等我的回答。

"我答应您,我当时受不了——谁也受不了,但是现在我好多了。在这世界上同情她的人并不多,我不跟您谈,跟谁谈?"午田对雪子不屑的影子,掠过我的心头。"而且,我们在这儿谈她,就算是怀念她的小小谈话会,她不是也会听见吗?"我确实很平静,所以苦笑了笑。

"孟珠,这才对。"

"许多事情,是您想不到的。"

刘专员点点头,他举起来他的一小杯酒,也让我喝一点儿我那杯。

"您再也没想到雪子的最后归宿,是跟曼声的小喇叭有着重大的关系。"我停下来,不知怎么接下去,我不太会讲故事,我平常也不是一个多说话的人,如果是雪子,岂不会抢过来喊着说"算了吧,还是我来讲吧",我想到这儿,不知怎么,并不想哭,眼泪却流下来了。

"孟珠,如果你难过,就不要讲了,这样东西也吃不好了。"

"不,不,不。"我流着泪笑着说,"真的,我并不想哭,我绝对没想哭的,我的眼泪,怎么这么没出息,怎么这么容易流下来呀!"我说了还是笑,拿出手绢来擦我的眼睛。我确确实实不想哭的。

刘专员见我这样也笑了。我长长地深呼吸一下,为的是把我的哽咽的喉管调整一下。然后,我重新又可以很平静地说下去了。

刘专员静听着我一个人说,他除了点头和"嗯嗯"地答应以外,没有插嘴。

我们把冷盘吃过了,把汤喝过了,慢慢地吃,慢慢地说,炸鱼上来,刘专员才说:

"孟珠,我们都是很了解雪子的……"

我还没等他说完便困惑地说：

"可是我并不了解她为什么要死,我真的不了解……"

"也可以这么说,她太累了,她在自己身上缠了许多绳子,想解开,找着一个绳子头,以为穿过去就可以解开了,谁知道反而是又结上一个,系得更紧了。"

"人家要替她解,她又不肯。"

"她真倔强。倔强不是坚强,孟珠,倔强可不是坚强啊!"

"是,倔强的表里,反而是懦弱,是不是?"

刘专员点点头,"孟珠,你懂得就好。可怜的雪子,她这样断送了自己,使我难受的是,在她生前我们都没能扭转她的不正确的观念。"

"她总以为这世界上坏人比好人多。"

"好跟坏,在某些地方,是很难分别的。来,孟珠,把这一点点酒喝完,你能喝完么?"

我转动着酒杯,红色的液体在晶亮的高脚玻璃杯里动荡,心中忽然一无所思,不知道刘专员跟我说的什么,也忘记举起杯子。

"你今晚还要唱歌吧! 那就不要喝了。"

"啊!"我这才从茫然中醒悟过来,"不,这一点甜酒,我是不在乎的。"我举起杯子,一饮而尽。

他看看手表说:"时间也差不多了,你今天唱什么?"

"您说呢?"

"唱两段给雪子听吧! 她喜欢听什么?《三年》,我知道,还有什么?"

"《三年》,您不是也爱听吗?"我轻轻地,轻轻地,非常小声地从鼻子里哼着:"左三年,右三年,难道又三年,横三年,竖三年,这一生见面有几天……"

这样的歌,雪子是难得唱的,所以她喜欢听我唱,她生前常常说,她喜欢我,因为我有她所没有的,而我所有的,她却无法得到。这使我想起在哪里看到的一句话:"爱那我所享受不到的美德。"

我不知道是不是因为没有酒量的我,喝了几口红色的美酒,就忘记这里是个安静的餐厅,竟放肆地低吟起来了!也许是近日来雪子的死,给了我太多伤感,有刘专员来安慰我,使我内心宽慰了许多。

离开亚士多的时候,刘专员说:

"我今晚去听你给雪子唱的歌,记住她是我们的好朋友,这就够了。"

然后略沉默了一下,他又问:

"午田好吗?"

好像有点儿突然,许多天来,我都要忘记午田了,我慌忙中说:

"他很好,到南部去看他生病的父亲,也该回来了。"

"那么今天晚上,我从曼声就直接回我住的旅馆了,不再找你,你唱完歌回家早点儿休息。明天我再找你,如果午田回来了,我们就一起到哪里走走。"

"好。"

又沉默了一下,他说:

"午田是一个非常可爱的青年。"

这又是突如其来的一句赞语,我也许了解他的用意,但是不知怎么回答才好,所以只好低下头来,来回玩弄着我的皮包的提把。我该感谢他,他毕竟是一个很成熟的、有气度的男人,他会找到一位很好的伴侣,如果有个女人嫁给他,那女人会很幸福的。但那女人不是我。他已经不再为那件事伤心了吧?不会的,他确实是一个很有气度的男人。

我再回到小楼上来,已经晚上十点多了,打开门,门缝里掉下来一封信,很厚,是午田寄来的限时信。这样厚,是里面夹了什么东西吗?不是,软软的、厚厚的,很整齐,那就全部是信纸了。我先不要打开它,等我睡到床上时再拆开吧。刘专员虽然让我早些回来休息,但是我并不疲倦,没有睡意。

我梳洗换好睡衣后,躺在床上,灭掉所有的灯,只留下床前的。

拆开信,数数看,共有五张信纸,写得很密,午田为什么会有这样多的话要跟我说?他还不回来吗?

孟珠:

人的感情常常是很艰苦的,我这样说,你也许不懂我为什么说这话(我写着这一行字的时候,就仿佛看见、听见你又说"我不懂"了)。我这次回到家里来看父亲,他的健康情形仍然不好,我就留下来多陪他两天,把去军营看弟弟的节目取消了。我跟父亲谈得很多(也谈到你),他的精神仿佛好得多了。人老了,很寂寞。

正在这时,我忽然在一张台北的报纸上,看到一条不幸的消息,你的朋友雪子跳楼自杀了。我可以想象你近日的情形,我知道善良的你对她有多么深厚的友情。她的死,详情我不知道,但是在你的口中,我也曾听到些有关她的性格,中国人对死去的人,不再怪罪,不再怨懑,所谓"死者为大",因此对于她的死,我们是应当有无限惋惜的。我惋惜的是,这个女孩子虽然聪明和美丽,但是没有把握住她生命的实际。人类有同情自己、怨恨别人的习惯而不自觉。人原是艰苦的动物,随时随地都在和环境搏斗,斗它不过,就倒下了,像雪子。能斗过去,就像贝多芬,那伟大的音乐家一样,就成为一种永恒的力量。

我近日除了和父亲谈话,陪他在乡下的田园走走以外,也看了几本书,我再重读到几年前送给小弟的这本《贝多芬传》,它真是给我许多有益的东西,我要感谢写这本书的也是一位伟大的作家罗曼·罗兰。罗曼·罗兰写过三本"英雄的传记",贝多芬即是其一。罗曼·罗兰所说的英雄,并不是指那些体力勇猛得像征服者拿破仑那样的英雄,而是像贝多芬这样的。他是征服心灵、感觉和情操的英雄。

贝多芬,这个一辈子倒霉的伟大音乐家,他贫穷、孤独、残废——是一个由痛苦造成的人(雪子的痛苦和他还能比吗),世界不给他欢乐,他却创造了欢乐来给予世界;他用他的苦难来铸成欢乐。贝多芬的那些著名的交响乐章,哪一章不是像他所说的:"用痛苦换来的欢乐?"

出生在一个微贱的家庭,贝多芬的父亲是一个不聪明酗酒的男高音歌唱家,母亲是个女仆——厨子的女儿。人生一开始就虐待贝多芬,他连一个温情的童年都没有享受过。父亲用暴力压迫他学习音乐,十一岁他就加入了戏院的乐队,十三岁当了大风琴手,十七岁丧失了唯一慈爱的母亲。他说:"她对我那么仁慈,那么值得爱戴,唉!当我能叫出母亲这甜蜜的名字,而她能听到的时候,谁又比我更幸福?"

因此十七岁时,他就做了一家之主,要担负两个弟弟的生活和教育的责任,他又不得不羞惭地要求他的酗酒的父亲退休,因为他是不能主持门户的。这些可悲的事实,在他的心上留下深刻的创痕。以后,他又碰上耳聋、失恋、弟弟的死、侄儿的没出息。这些苦难折磨着他,但是他仍能胜利地克服了他自己的痛苦,完成了他的使命。这使命是什么?就是使苦难的人们鼓起勇气来。有一个朋友曾在他面前求助上帝,贝多芬对他说:"啊,人类,自助吧!"

一个音乐家耳朵聋了,这是多么可悲的事,贝多芬的耳朵一直聋到一个字都听不见,不得不用手册来和人交谈,这是他一生中经受的最大的打击。但是他仍能在这种环境下完成了他的许多乐章。他虽然永生痛苦,但是他从老早就希望能作出一个欢乐的乐章,然而年复一年,他被忧患折磨着,煎熬着,一直挨到生命的最后,他终于完成了这桩心愿。这个欢乐的乐章便是《第九交响乐》,正式该写成"以欢乐颂歌的合唱为结束的交响乐"才对。在痛苦的深渊里,从事于讴歌欢乐,这就是贝多芬的伟大。

他自己被痛苦煎熬,却用欢乐灌溉人类的心田。当他有一次被忧烦和疾病折磨得好像要死的时候,他立下的遗嘱,说了下面这样几句话:

"我祝愿你们享有更幸福的生活,不像我这样充满着烦恼。把'德性'教给你们的孩子吧!能使人幸福的是德性,而非金钱。这是我的经验之谈。在患难中支持我的是道德,使我不曾自杀的,除了艺术以外,也是道德。"

这道德的情操,使他在那次立了遗嘱以后,竟又活了二十五年,到五十七岁,他才——仍然是贫苦地死去。

贝多芬的一生给我们后来者的启示是什么?音乐还在其次,主要的是他的力量——和一切痛苦搏斗的力量。

孟珠,当然,我们都是普通的人,不是像贝多芬这样伟大的人,世间毕竟是普通人占多数,但是我们却可以从前人留下来丰厚的精神财富——真正的财富,找到生活的实际。雪子的死,竟使我给你写了这么多页,这样说来,我对她的死,也不无关心吧!你总认为我不同情雪子,而我却是总担心你会感染了她对人生的仇恨,以为社会、人类都对不起她。其实你不会的,我过虑了(我写到这一行的时候,很想赶回来拥抱你一下)。

  孟珠,记得我们那次雨中小山坡看观音山景吗?记得我们说过,走人生的旅程就像爬山一样,看起来是走了许多冤枉的路、崎岖的路,但终于到了山顶。孟珠,请了解这些。……"

  我一遍遍地读着午田的信,很感动,很了解,更思念他。如果这时他在我身旁,如果他是一直在拥抱着我。我是很需要他的拥抱的。不要把我丢弃在旷野或山坳里,山路虽崎岖难行,有了同行的伴侣,就什么都不怕了,午田,你不是也在走山路吗?

十三

  午田还没有回来,刘专员已经返回台中了。刘专员说近来他的腿有点跟他闹别扭,麻痹,酸痛,什么感觉都有,"到了年纪了",他说过好几次这样的话,都不知让我怎么回答才好,我很想建议他找个对象结婚,这年头儿还谈什么对得起对不起大陆上的老妻呢?可是我是一个笨嘴拙舌的人,说别的还可以,一说到这,就仿佛又触到那件尴尬的事情上去了。看,就连他那天向我问候午田,还有告诉我午田是一个可爱的青年,不都显得不太自然吗？时间可以冲淡一切,也许再过些时就好了。但是,彼此的关怀,总还是有的,否则他怎么不顾病痛,老远地还赶来安慰我呢！

其实,雪子才死没多久,报上的社会新闻版也曾轰轰烈烈地刊载过一阵子,那些记者们也曾胡乱地揣测过,对雪子生前的生活,捕风捉影,有时连影儿都没有的事都编造出来了。可是他们却漏下小喇叭这一段,当然,除了死者,只有小喇叭和我是知道这件事的,这样,小喇叭也幸而逃过了记者的追踪,记者们找他,也不过当他是歌场的经理罢了。

小喇叭的内心有多痛苦,没有人知道,他不得不装得像不相干的人一样,恢复了常态,嘻嘻哈哈的一副小丑样。前台还是那么热闹,雪子走了,又来了一个代替的,总得找一个有类似风格的女孩子来吧！挖人不好挖,只好捧新的。那个小小年纪的英雄,恐怕只有十六七岁吧,早就熟知怎么扭腰肢,怎么打响拇指唱"热情"的歌了。那一定又是一个故事,希望不动听才好。

后台也恢复常态了,我怕小喇叭难过,也曾几次到那暗无天日的小阁楼上去。他不在的时候多,在的时候也像喝了许多酒,如果他不再提雪子了,我又何必再提呢？

今天我才把观音山雨中拍的照片放大洗出来,这是答应送给午田的,并且把那张拿去抵质的换回来。这张放大照很好,午田偏偏喜欢洗成咖啡色的,雨中的观音山是咖啡色的吗？我是咖啡色的吗？

颜色的偏爱,妹妹也有,她写信写笔记总是用绿色的墨水,这倒也很有趣,不要看字迹,只要看颜色,就知道是谁写的了。不知道有没有咖啡色的墨水,下次买一瓶,我来用咖啡色的好了。

也许午田已经回来了,今天是星期六,如果午田的父亲已经很好了,他也该回来上班了,而且可能在想着,该在周末回来陪陪孟珠,不是已经——"左三天、右三天、横三天、竖三天"了吗?如果再不回来,那就"难道又三天"吗?

我怀着想给他一个惊喜的见面,不等他来找我,我去他住的地方好了!我很少去他家,因为要走过房东的客厅上楼去,虽然那客厅里很少有人,但是你如果碰上一个,就得客客气气地打招呼,我也不愿意让人背后指指点点地说:"许家的少爷交上一个歌女了!"人们能了解你多少呢?

走过小小日式的庭院,走过那个长满藓苔的小喷水池。听说主人是午田父亲的老部下,但是情况比老长官好了不知多少倍。对于午田的父亲是百分之百的尊敬,因此对午田在这里借住,也是十分关照。太细心的招呼,多了几分礼貌的拘束,就少了几分放肆的自由。所以,当我迎头看见房东太太站在客厅外的台阶上,就使我一下子脸红了。房东太太那样热心地招呼我,我忙不迭地笑容满面,不能急着问午田回来没有,却要先向她请安吧!

房东太太告诉我,午田还没回来,但是请我尽管上楼去。虽然很失望,但是我因为有目的而来,所以也不客气地告诉她,我是要留一些东西给午田,如果方便的话,也许,说不定我坐在那儿一会儿,午田就下火车回来了。

房东太太给了我钥匙,我还站在那儿跟她谈一会儿,我不知道她知道不知道我的身份?虽然她屡次客客气气地叫我周小姐。

她问我:"你忙不忙?"

我说:"还好。"

她说:"你的歌唱得很好哟!"

这样,她是知道了,午田并不隐瞒。我说:"谢谢你,请多指教。"这样的答话,是很职业性的礼貌,我自己都觉得俗气了。

她又问我:"为什么不上电视呢?我们有了电视,就很少出去了。"

我笑了一下,不好答复。我也不知道她说我唱得好,是她听我在广播电台唱的,还是上歌场唱的?如果她上歌场看过我,那么,也就不一定是午田告诉她的了。好了,别为这样细琐的事情敏感了。我只好轻描淡写地说:

"不愿意唱得太多。"这也是实话。

我上楼来,打开门,冷冷静静的,窗帘遮盖了光线,我也不去打开它。

我先到书桌前面来,这是我和他对面坐的老地方。他的书桌并不是面对着窗子,而是傍着窗子,所以书桌的前面和旁边也可以放椅子,围着小小的书桌,就是兼用的客厅了。

书桌上很整齐,各就各位,照片上的我,现在在向我自己微笑!看,我那时还是个高中生,为了要参加康乐队拍的。有一粒痣在我左面颊靠鬓边那里,我喜欢我这颗痣,别人也喜欢。因此左边的头发就常常梳到耳后面去,为了怕盖住我这颗痣。我照像也略略地喜欢把头向右偏一偏,还是为了我这颗痣。我那时真是一个不懂事的孩子,现在我又懂得多少呢?

我的嘴角有点紧紧的,我的两眉间也显得太近了。美容师告诉我,紧结的眉头,显得性格内向和郁闷,她让我把眉头的眉毛拔去些,不但美容,而且美相,她还是个面相家呢!这张照片的眉头还是没有打开,虽然笑容满面。

我从皮包里把这张观音山之照拿出来看看,比较一下,虽然是美容了,眉头打开了,成熟了,但是那股天真却消失了。

午田说很喜欢我高中时代的那张,他就拿了来,配个镜框摆在这里。一看见他,就跟他笑,结着眉头笑,真特别!我先把新的这张压在玻璃板底下,给他一个惊喜。

我要在这里等他到什么时候呢?我并不知道火车时刻,也不知道他是直接从家里来,还是可能在别的城市略作停留。跟房东太太说过要留下一些东西,总不好停留过久。

我站起来,再留连一会儿,摸摸冷却了的茶具,看看里面是不是有剩茶叶,摸摸挂在墙上的白衬衫,拾起掉在地上的黑皮带。俯下身,可以看见床底下露出来的拖鞋了,到床上来坐一坐,毛巾式的床毯,铺得很整齐,是每天自己整理吗?床前小几上的这座小台灯,是我给他买的,米黄色的灯罩,现在就让它亮一亮吧!很柔和的光。小几上有什么?一两本英文书籍,一封信。

信,嗯?

嗯?很奇怪!绿色的熟悉的笔迹!

我的脸热起来了,很奇异的感觉。信封是学校的信封,明明写着台南周缄,明明是绿色的墨水,明明是给许午田老师的。那是妹妹的笔迹!我慌乱得很,让我镇静下来,这到底是怎么回事,到底有什么误会?不,一点儿也不!信封着,不能打开,是在午田到南部去了以后才收到的,所以还没打开。

让我镇静下来想一想,别乱了自己。妹妹所说的老师,难道就是这个老师?我难道就没提起过我的妹妹吗?说得很少,很少。我跟妹妹也还没说过午田,为什么不早说呢?早说又该怎样?

不要拿着这封信发愣,快点再想想,能是怎么回事儿?妹妹下星期里要来了,午田今天就可能回来了,妹妹是来找老师的,老师就是许午田!老师就是那个从南部调来台北工作的老师,……想想看,菊菊给我的信里怎么说的?……我们很谈得来,他喜欢文学、喜欢音乐、喜欢旅行,……这都不要紧,最重要的是菊菊说,希望给我介绍认识,好给她一些意见,而且,妹妹有好多好多话要告诉我,好多好多话哟……

我心跳得很厉害,上天不该这么捉弄我们姐妹俩!是妹妹的该属于妹妹,是我的就该属于我。但是午田,他该属于谁?

让我再看一眼这封信的确实性,我的眼睛还没有昏花,是很清楚的,是可以对证的。

为什么我们一直是那样不在意,为什么我们始终就没有更深切地谈过这些呢?比如,我怎么从来没问过他,你在南部哪个学校教书,当然,他是高雄的,我是台南的,我不会想到问那么多!

曾经谈过郑成功祠的梅花,曾经谈过赤崁楼头的明月,曾经谈过许多,怎么就没谈到你教中学有没有教过我妹妹呢?怎么就没说过我妹妹的正名叫周菊同呢?为什么不问问我呢?为什么不感觉到我们姐妹的相像呢?

我该怎么办?放下绿笔迹的信封,拿起来我的皮包。我待在这里多久了?

下楼来,没有看见房东太太。没有风,但是我的嘴唇有冰冷的感觉。

我赶到曼声厅去,离我上场还早。再度爬上小喇叭的阁楼。

他在,居然没喝酒,很忙乱的样子。

"外岛的巡回表演团,我决定参加了。"

"什么?"小喇叭瞪大了眼,"怎么这时候才讲?"

"怎么,不欢迎吗?"

"当然欢迎你参加,求之不得的,可是明天就要起程。"

"这样才更好。"

小喇叭说"好",可是他很不懂地注视着我。

十四

离开一个岛，到一个岛，又离开一个岛，到另一个岛，这样，我来到了风沙岛，也已经两天了。

离开台北的那天，在飞机上读到当天的报纸，有一段报道我们的特写，其中还特别说明：柳梦小姐为了不辜负战士们对她的期待，所以抱病前往。这真是惭愧，完全在骗人，固然，发表消息的小喇叭，并不知道我到底是为了什么突然改变计划，只要我肯参加，他就高兴得不得了，他就能编一套故事加重他宣传的效果。如果战士们知道，我起初并不愿意来的，我只是为了排遣苦恼的心情才来的，那是多么令人尴尬呢！

无论如何，我已经出来好几天了。我唱得很好，连我自己都奇怪，喉咙很听使唤，好像上了润油的滑车，唱来毫不费力。

辛苦是够辛苦的，唱在山坡上，广场上，风沙中，月光下。但战士们听我唱歌的情绪，是可感的、难忘的。未出发前，失落了那么多，在这许多地方又得回了。心灵仿佛扩大了，外面广大的世界，能使我一连几天忘记那苦恼的事情。

把台北忘在脑后了。猛然想起，心中当然也会有一阵子不自在。临行时曾给菊菊写了一封信，告诉她，我要到外岛去表演了，不能在台北接待妹妹，希望她在台北玩得很开心。我也相信她会很开心的，会见了久不见面的老师，绿色的墨水下，不知勾画出多少对老师的爱慕，如今可以当面倾谈了。并没有告诉妹妹，我几时可以返回台北，也没有说明她的老师是什么人我已经知道了。我也没有给午田留下任何信息，他是个每天读报的人，会从报纸上得到消息。当他接待这位得意的女弟子的时候，会是怎样的情况呢？他们会不会终于在无意中揭开了从来不知道的这件事呢？我实在不愿多想了，许多天来本就没有想，也顾不得想，但是昨天晚上却彻夜地失眠，因而使我今天头重得起不来，喉咙也发紧。

今天白天没有什么节目，节目是安排在晚上的月光晚会，但愿那时能够完全好了，身体和歌声一样地轻松起来。申幼不是说，他晚上会来听歌吗？今天的白天是自由活动，在风沙岛上，也谈不到什么自由活动，无非是去买些土产品，纹石、珊瑚，都是女团员们所喜欢的东西。只有我一个人留在招待所里养病。他们拿来了感冒的药、镇静剂，他们一再地向我道歉，说是太辛苦的演唱，使我病倒了，都是为了战士们。我有点哭笑不得，我更加惭愧，我是因为演唱太辛苦了吗？才不会，一个以演唱为职业的人，唱是她的例行工作，唱是她每天生活的一部分，她不能失去它，也就谈不到累了。

那么就该归罪昨晚申幼的突然来临吧！

这里不是夜生活的台北，一天的生活，结束得比较早，所谓月光晚会，也不过在九十点钟就结束了，其实月亮还没有上来呢！就在这黯淡的月光下，申幼出现在我的面前了。一个黝黑的、瘦削的，但是充满了愉悦面容的青年军人，叫了我一声："周小姐！"

他笑着,却让我好愣了一会儿。

"不认识我啦?许午田的弟弟许申幼呀!"

"哦——"我惊奇得说不出话来。

是午田的弟弟吗?是许申幼吗?我们只见过一次,那次送别的小宴上,被哥哥指责说是一条懦弱的虫的小弟弟,今天也来到风沙岛上了。

"是你!"我到底轻轻喊出来了,"怎么——"我记得午田说返回南部是预备顺便到军队看看"懦弱的虫"的,可是现在他在这里,"你在这里吗?"

"我在这里呀!"他显得很愉快,人不在乎黑或白,精神是瞒不了人的,他并不是因为见了我才变得高兴,而是一直都高兴的吧!

"你怎么会在这里呢?"我不由得好奇地问了。

"我怎么不会在这里呢?"他很轻松地回答,"部队总是会调动的。"

"还好吧?"

"很好。"

"那么——"我不知道是想说什么,总是那次小宴上哥儿俩的话不容易使我忘记,"你哥哥可以放心你了,他知道你调到外岛来吗?"

我这样问,特别强调了"外岛"两个字,是记得他当初曾忧虑怕调到外岛上的,如今仿佛没那么可怕了。

"我还没写信告诉他呢!"

"他很惦记你的,他回家去探望你父亲,说也要到部队看你。"

"我过得很好,一点儿也不必担心我,你回去可以告诉大哥。"

"好的。"

申幼说:"我已经跟长官请了两小时的假,说是要看柳梦小姐,长官恩准了。"他很轻松地玩笑着说。

"那么——"团员们都收拾好了,要回招待所去了,我邀他乘坐我们的车子一同回去,"这两小时就跟我们回招待所去谈谈好吗?"

回到招待所来,我换了一件轻便的洋装,再和申幼走出来。

其实晚上并没有风沙,气候暖暖的,很舒服。招待所附近的环境不错,我们边走边谈。

我跟申幼见面,并不是很久前的事情,但是我应当说,对他的印象是完全地改变了,我想这不但是我,就是他的哥哥再见到他,也会奇怪他怎能变得这样快!他变得很爱说话,很快活,很有幽默感。我不知道是哥哥把他的懦弱的虫赶走了,还是军队生活的体验,使他更勇于面对人生并且渐生喜爱的心呢?

听听,他倒劝起我来了。

他说:"周小姐,你知道我怎么跟长官请的假?"

我说:"是呀,你怎么请的假呢?军队究竟不比普通的办公厅,是不容易请假的。"

他说:"我说我要去看柳梦。我的长官说:'看柳梦?'他停了一下子,才又说:'为什么看柳梦?'他一定以为我有什么不良的企图,你猜我说什么?"

"说什么?"我也有兴趣起来了。

"我说,柳梦是我未来的嫂子,所以我要去看她。"

"噢?"这是我没有想到的,在急忙中,我说:"这……这怎么可以!"

申幼好开朗地笑了,"这怎么不可以,本来嘛!"

他真可爱,像小孩子一样的天真,人家说"天真未泯",就是这个样子吧!怪不得他的哥哥说他曾是家中最受宠爱的幼儿。有些地方,岂不也像菊菊?他们同样地曾是幼儿,同样地在幼小的年龄就失去了母亲的照顾,同样地又常年离开哥哥或姐姐。但,菊菊更可怜,在读初中的时候,姐姐就远离开了,使她一个小女孩子过着没有真正亲属照顾的生活,比起申幼有个父亲,有个继母,也有一些小弟妹,是差得多了!在这样的情形下,如果菊菊再失去她爱慕的老师,是不公平的,她应当……

我们不知道什么时候已经坐在一条石凳上了,或许我想得太多了,引起了申幼的误会,他竟劝我说:

"你觉得不可以的意思,我明白,你以为你是一个在夜总会唱歌的女孩子,而他是一个堂堂大学毕业生吗?其实……"

"啊,不不不,不是那意思,你哥哥有得是女朋友呢!"我在急忙下,也不知道怎么说好了。

"我不以为我哥哥有许多女朋友,他不是那种人。有么,也不过是几个和他通信的女学生,你知道,女学生最喜欢写信,写信给老师也是一种爱好。如果他真有其他女朋友的话,那正好是你打仗的对象,冲上去!"

他的孩子气,应该说是他的可爱处,但是他的确变了,他再不是那个怕调到外岛,怕留学以后女孩子投入别人的怀抱去的申幼了。我这时想笑也笑不出来了,我说:

"我怎么是别人的对手!申幼,有许多事你不懂,你没经验过,你……"我凭什么向他吐露这样的心事,谁知他又问:

"哥哥另外的那个女朋友是谁?你一定知道了,能告诉我吗?"

"不!我只是说他或许还有女朋友就是了,我们谈别的好吗?"

"如果这个问题扰了你,就不要再谈了。但是,请信任我哥哥的人格。"和这样一个崭新的大学毕业的预备军官谈话,是这样地有趣,我的职业使我见识了社会上许多样的人,是别的像我同样年龄的女孩子所没有的吧!

两小时很快地就过去了,等我回到招待所来,别人都累了一天睡觉了,蓓丽大姐还伏在桌上写东西,该又是给儿子写信吧!我经过的时候,向桌上扫了一眼,可不是,我瞥见一张白纸上密密麻麻地写满了字,最前面,是"亲爱的吾儿",不知怎么,我心酸酸的,想起了她那个越来越冷的儿子。

我躺在床上,并不能安然入睡。我想到蓓丽大姐是这样痴心的母亲,要到什么时候,她的儿子才完全懂得母亲的心?

世界上各式各样的人，在做着各式各样的感情的动物，牺牲、忍耐，都是美德，但是申幼却偏偏说："冲上去！"向谁冲上去？向妹妹吗？不，抢夺来的东西并不美，容让才是快乐。我几时抢过妹妹的东西？幼年时的玩具，母亲的爱，巷口一角钱买两个小糖球，我几时抢夺过妹妹的？但是现在我把被单蒙住了头，深深地蒙着，别让蓓丽大姐听见我的哭声。我不要哭，我不能哭，妹妹的绿色的墨水，我的咖啡色的墨水一滴都没有……妹妹的笑脸，午田的笑脸……谁也不能抢走，是属于他们俩的，那才是公平的。……我不是雪子，我不是烂泥，……刘专员的腿好了没有……

十五

一村一镇都从车窗外飞过去了，思想却不能改变，仍停留在那一个点上。对面座位是空的，我很运气，可以把鞋子脱了，把两脚摆在那上面，叠架起来，然后，头靠在后座上，就舒服多了。

两个多礼拜的外岛巡回表演结束了，回到五光十色的台北，面貌都陌生了；既然是陌生的，为什么不弃他而去呢？锁了两个星期的小楼，并没有一点点变动。妹妹、午田，究竟有没有来过，我也不知道。用手指抹抹桌子看，手指变黑了，有一层尘土。我梳洗个痛快，早早地上床睡了。早晨起来，收拾了一些衣物，赶着乘坐上午的火车到台中去。

理智和感情在我心中交战了一阵子,但并不久,为了世间上唯一亲爱的妹妹,是很容易决定的,这是出于感情方面来说。再说理智的,周菊同和许午田才是最配的一对,客观地说,是谁更宜于做午田的真正伴侣,当然是妹妹,因为他们俩配起来,才是那真正崇高庄严的交响曲,是纯美的,是崇高的。我算得了什么呢?太成熟的社会经验,反而剥夺了天真纯洁的心灵。不是我的自卑感压倒了我一向的自尊,午田不也说过吗?"有人要我多多照顾你",不过是有人要他照顾我啊!他也想拥抱我,他也曾吻过我,但他是男人啊!刘专员岂不是也曾那个样子紧握住我的手,但都可以随时放开的。

但是,现在我在到台中的路上了,我在奔向刘专员的路上了。台北明天起也许会传说我的神秘的失踪,我几乎是放弃了台北的一切,不告而别。我也管不了那许多了。

也许一切都会像这车窗外一样的成了过去吧!

人生真难预料,半年前拒绝了刘专员的要求,虽然不完全是为了午田,而是感觉到和刘专员不是合适的一对。和刘专员渐渐疏远了,但是我们仍保持着友谊,或者可以说,刘专员才是我真正的知音。

认识了午田,正陶醉在爱情的浓酒里,半年多的交往,却没想到冲出了自己的妹妹,这是多么难堪的事!我们姐妹一向那么亲爱,为了全心全意使妹妹快乐,我这样做是值得的,不该像申幼所说的那样:向爱情"冲上去",申幼如果知道他劝我冲上去的对象正是自己妹妹的话,他又会怎样说呢?这是一扇窄门,不容两个人去挤的,必须有一个人闪避一下。我就是那个该闪避的人。

虽然说，一点点的生活打击，都会使我比别人更敏感，这大概也是受我这种生活环境的感染吧！如果我不奔向刘专员，我一定也会变得像雪子，像蓓丽大姐，像我所看见的许多"我们"一样的不正常了。

我重回到刘专员的身边去——怎能说是重回呢？我的心情何曾真正在他身边过？一定会使他很感意外，但是他会很高兴的。刘专员曾经说过，我是一个玉洁冰清的女孩子，但是现在不了，有点自私，因为失去了午田，才又投向刘专员的，心地不纯洁了啊！总是为了自身的利益打算吧？有些愧对刘专员，等我到了台中，一定会向他把我的心意剖明，求得他的谅解，我要好好地做他的一个终身伴侣。我要让他觉得，他上次伤心地离开台北后所写的诗句"细板红牙歌已倦"是对的，"凤舞鸾歌一梦中"却不是正确的。

他的腿会已经痊愈了，他会很惊奇我的来临，当我推开门看看，他一定又在独斟独饮，半醉半酣地捋须吟诗了吧！不不不，他是没有胡须的，他不过是两鬓有些斑白罢了。可怜的刘专员，他是多么寂寞而无奈啊！已经这么大年纪了，孤身一人别离家乡和妻小到台湾来，幸亏他还是一个能在生活中寻找一点乐趣的人，要不然，那份老来在异乡孤独的痛苦，怎能忍受？像前些日子报上不是曾经登过两次，都是孤独的老人厌世自杀的新闻吗？但刘专员并不老。不要总说他老。

我希望这一去，能在我和刘专员的生命史上同时掀起新的一页，让红颜白发的佳话落在我们的头上吧！让影剧记者来采访我们，让他们大登特登！唯有年纪大的人才是可以安心的伴侣，不是吗？

而最要紧的是，我和菊菊同时有了归宿，这是多么让人高兴的事！表表姨会很高兴，蔡家的韩老太太会很高兴，妹妹高兴，午田高兴，刘专员高兴，影剧记者高兴，我更高兴。

许多天来矛盾的心情，如今有了结论，感情的门并不窄，它是宽大的，你可以大摇大摆，自自然然地走进去。真高兴，真高兴，高兴得眼泪都流出来了，别这样，快拿手绢盖住脸，要不然车上的人会以为你受了什么委屈，伤心得哭了呢！

台中是个晴朗的城市，我的心情也在解脱后晴朗起来。我一边欣赏着台中的安静的街路，一边找刘专员的住处。

刘专员的住处是在台中的西区。他会以怎样的心情和面貌来接待我呢？当然，我不会一开头就说是专程来找他的，我可以说，我正在躲避两家歌场向我争取，因而闹得两家僵持不下，我索性到外面躲两天，这本也是事实，不过没那么严重就是了。我也可以说是为了雪子，使我的伤感还是止不住，所以，有这么许多原因，我就离开台北，来到台中了！而且，我也很想看看你——刘专员，事先故意不通知你，好给你一个意外！这么说，不就引上了那个感情的路了吗？不是也很自然吗？

到了这个安静的角落里的小巷子了。找到了六号这个门。环境很好，是住宅区，家家的墙头都探出一些花木来。是日本式的木屋，并没有改成水泥的楼房,这是我最喜欢的住家房子了。想想我那小楼下的药房吧,穿过药房,穿过老板娘卧室外的甬道,再上楼去的那个滋味儿,也"享受"不少日子了,这回有希望解脱了。

不知道刘专员现在的这个住处是公家宿舍,还是他自己租的房子?我知道刘专员是比较喜欢过舒服一点的生活,他有一点储蓄,也这么大年纪了,为什么不可以呢?午田所说的那种走过许多崎岖的路、冤枉的路,终于来到山顶上的日子,对于刘专员,是已经过去了,不再适用于他了。

我轻轻地按了门铃,很静,我在门外都可以听见里面的铃声,该是在厨房之类的旁边吧,听来仿佛很远,那么这栋房子也不算小了。

过了好一会儿,我几乎要再按铃了,这才听见里面有走动的声音,慢慢地移到门边来了。

来开门的是一个中年的男人,腿部有了毛病,或者是腰部有了毛病,走路是一瘸一拐的,怪不得这么慢。这个人一定是看门的人,像是退役下来的。我问明白了,这里确是刘专员的住宅,我说我要见他。看门人听我说,犹豫着,我忽然想,可能刘专员在午睡,不好去惊醒他吧,我赶快又说:

"是不是刘专员在休息?"

"哦,是,……没有,他是躺着哪!我去看看。"

我随着看门人轻轻地走进去,如果刘专员真的在睡午觉,那么我就先不要打扰他,我可以在客厅里等着,等着是没有关系的。看门人进到内室去了,等一下,再出来,请我进去。我闹不清楚,如果那里面是刘专员的卧室,我怎好进去?或者是他的书房,但是他为什么不自己出来?我走近内室的门边,停了一下,没敢立刻进去,我怀疑地向屋里略探探头看,还没等看见什么,看门人竟说:

"请进来吧,刘专员有点不舒服。"

我这才大步地迈进去。刘专员果然是在床上,半拥着被,半探起身来注意看进来的人。

"啊,是孟珠!"他看见我了,微笑地喊我。

"是我,刘专员。"我轻步赶到床前去,不由得伸手去握他的手,"您不舒服,躺着。"

刘专员摇摇头,无奈地拍拍自己的大腿说:

"老毛病又犯了,这条腿简直闹得凶。"

薄被单里面撑起来的两条腿,就像两根竹竿撑起了一个小帐篷,我说:

"您上次到台北去,不是已经好了吗?是不是跑一趟台北,为了看我,又坏了,那,我……"

"不不不,跟我上台北有什么相干,可也闹了有一个星期了,"说到这里,刘专员大概才想起来客不是普通的来客,而是从远处来的,"噉,孟珠,你这是?"

我不能不轻松地把我早已经准备好的第一套谎话告诉他:

"我么,近来无歌一身轻,您知道,曼声的期又满了,我不愿意在那儿常常想着雪子就难过,小喇叭也要走了,正好有两家跟我接头,搞得乌烟瘴气的,我一赌气,哪家也没答应……干脆出来走走,第一个就想到台中来看您……嗯——"我想说些更亲密的话,说不出口了,刘专员却点点头,不断地说:

"好!好!"

"可是没想到您病了,原想请您做个向导,带我到台中各处玩玩呢!台中我是不熟的。"我不由又看了一眼小帐篷。

刘专员抱歉地笑说:

"那真是!不过你能多待两天就好了,我想我会很快就好了。心里如果有个希望鼓励着,会让人好得快点儿,这两天,我已经就好多了!"他说着,摇晃着小帐篷里的两条腿给我看。那么前两天,他是病得连这样摇动都不可能吗?

他还是那么和蔼可亲,幽暗的屋子里,从脸上看来,倒也不觉得有病容,也许是看见客人来了,精神振奋起来的缘故?

我说:"我可以陪您几天没关系,您躺在床上,有人说说话,总可以减除一点儿寂寞,是不是?"

刘专员满意地点点头,向着外面喊:"老徐,老徐,徐振勇!"他显得有点起急,"你看,没办法,又聋,又慢,我们俩倒凑成一对儿了!"

"您要找他做什么?"我看着周围的环境,找茶几,或者刘专员是要茶水。他竟撑着要起来了,我赶忙上前按住他,"要什么,我来。"

"真没办法。我是要告诉他给你收拾后面那间小书房,小屋子很不错,你去看看,你自己去看看吧。"

"没关系,我自己去,不要叫人了。"

他把探起来的身子,很疲倦似的,一下子摔下去,轻轻地叹了一口气,却还向我苦笑着。

十六

这样一来,来台中的目的和原来的设想,完全不同了。有时,我已经忘记我是来做什么的了,反像是有意跑到这里来服侍病人的。但我并不厌烦这个,如果我是真的知道他这样的病了的话,我也会跑来的。我毫无不安,也很自然,不过我服侍他,就像服侍自己的老父亲一样就是了。

这几天,刘专员果然是好多了,一天天地在进步,可以坐起来,可以下地走几步。我自己上街走走,不过是去买些零碎的家用的东西。我知道多少年来,刘专员都很会照顾自己,生活整洁,一点儿也不像一个单身的男人,有些地方比那些拖儿带女的家庭主妇还有条理呢!可是现在不行了,壁橱里,总是缺少着吃的、用的,为了生活的便利,总有要添置的东西,指望那个瘸子老徐,是不可靠的。人是不能病的,也不能老啊!我记得读过一篇文章,说一个女儿远道去看她的独自工作在外的父亲,发现父亲的抽屉里有一个放着各色针线的盒子,正有一只破袜子在缝补,她哭了。到后来,她的父亲终于在外面纳了一个妾，她每想起那个针线盒子，一点儿都不怪父亲，一点儿都不觉得父亲对躲在家乡不肯出来的母亲不忠实。

闲下来，我们就谈歌场的那些人物，谈外岛的巡回表演的琐碎的事。谈到雪子的死，刘专员说，雪子的名字起得不好，按照中国人喜欢谐音的迷信，雪子的雪和血同音，所以是不吉祥的。

渐渐地，刘专员躺在床上的时间少了，慢慢地走到院子里欣赏那些盆栽的花草，拿起剪子来修修剪剪。

我们也可以走到附近的街上去，算是他陪我买东西，其实所买的东西都是为了他家里用的。

我不知道我和他走在台中的街上，路人会怎么想？这和在台北又不同了，在台北，他衣冠楚楚，有时也很有一股中年人的潇洒劲儿，现在呢？

我不由得抬起头来，盯着他看。我们正在廊子下对坐着下棋，他教我下围棋，我倒宁可下五子棋。他正在思索着一个黑子的落脚处，没有注意我在愣愣地注视他，等到他忽然抬起头来发现了，有点儿觉得突然吧，就用手搓揉着面孔，深深的皱纹，在他的揉搓下，挤来挤去，看着很不舒服。我赶快把眼光收回来，拿起了一颗我的白棋子。我的棋子也找不到下脚处了，其实是我心不在焉。刘专员忽然问我：

"午田近来怎么样？他为什么不陪你出来走走？"

忽然问到午田，使我在急促间没法回答了，来到台中，只给小喇叭写了一封信，说是不再续约，和他共进退，也只说到台中台南走走，并没有写下地址。至于午田，是没有通信息的，我没有想到来台中的情况，并不是我理想中所安排得那么顺利，情感也都紊乱了，让我怎么说呢？我说：

"他——他办公怎么来呢？"

"周末呢？不是可以邀他来玩玩吗？我也可以陪你们出去到处走走了。"

"不！"我这样坚决的回答，应当是使刘专员感觉异状才对的，但是他一点儿都没有那种吃惊的表情，到底是个阅历深的男人，仿佛什么事都瞒不过他，一眼就看穿了你，却是不动声色。他还是很和蔼地问我：

"为什么不呢？"一个黑子下去，排成一行五个子，他胜了。

我赶快借着这个机会岔开话，我笑笑说：

"看，又是您赢了。"

可是他偏不理会我，"是不愉快了，是吧？"

"没有呀！真的没有，我们本来就是普通朋友。"

我原是想来欺骗刘专员的，骗取他的情感，但我现在才知道，我没骗得了刘专员，却骗的是我自己，这是多愚蠢的事呢！

我又想起午田借给我读的一本柴可夫斯基书简集中的一段了。柴可夫斯基在给梅克夫人的信中，说到他已经不爱他的太太了，可是她还是对他那么温存、依从，因此柴可夫斯基说他的太太是"以她的爱欺骗了自己，而不是我"啊！如果刘专员看穿了我，心里是不是也可以这样说我呢?这句话对于我现在的情形,是多么地合适呢!

厨房里传来了一股什么要烧焦的味道,刘专员赶快提醒我:

"去看看,你烧的肉有问题了,老徐是靠不住的。"

我赶快起身到厨房去,今天是周末,刘专员说,也许他有两个朋友来吃饭也说不定,我就自告奋勇地要烧两个菜。刘专员喜欢吃加糖和酒的红烧肉里面,放一些切成菱角块的竹笋。这种类似妈妈的家乡菜的烧法,我倒也有两手。只是,现在不要烧焦了啊!

我跑到厨房去,果然那锅肉,开始发出嗞嗞的声音,已经危险得很了。

我一边整理着厨房的琐事,一边想,如果我不可能和刘专员像夫妻般地生活下去,那么,像父女般地生活下去,不也很好吗?许多独身的父亲都是靠了女儿来照顾的。记得在报纸上也曾看到来访问中国的外国首长,没有夫人随着,却是女儿随侍在旁,也显得很别致,很亲切呢!

唉,我怎么可以这样胡思乱想呢?真是要变态了,我到底要做什么啊!想这样,想那样,无非是想怎样逃避现状,我对刘专员没有一点点诚意,才会这样,这样地骗人、骗自己,为什么情感的事情是这样难处置啊……

听见外面门铃响了,该是刘专员的客人来了。听,老徐一点儿动态都没有,我去开门吧!不,给不认识的人开门,然后……这是很不好的。刘专员会怎样把我介绍给客人呢？曼声厅的歌女，怎么跑到这里做起主妇来了？不，不好。

忽然，刘专员在叫了：

"孟珠！孟珠呀，快来！看看谁来了？快来！"

他的声音这么愉快，真奇怪！总得等我把菜盛在盘子里呀！

刘专员已经和客人走向厨房这边来了，让我放下炒锅和铲子，让我擦擦鼻尖上冒的汗……

我的眼前是三张面孔，怎么？我在做梦？三个人都笑着，一张刘专员的，一张午田的，一张菊菊的！我愣住了，我说：

"哟——"

菊菊先跑过来了，她紧紧地搂住我，脸贴着我的脸，高兴地说："姐，姐，想不到吧？"

我不能说什么，我太纷乱了。我也不能问，这是怎么回事儿，这，就是这么一回事儿，果然是这么一回事儿么，完全正确的一回事儿。所以我说：

"真是想不到。"我不知道我的脸上是什么样的表情。

"好啦，好啦，孟珠，到这边来吧，让老徐慢慢去弄。"

我们在客厅里坐下，气氛仿佛很快乐，菊菊紧挨着我。

"我不知道你们坐几点的车来，可是，孟珠还是做了你们的饭。"刘专员说了又转向我，"差不多可以吃了吧？"

我点点头，但是我还在迷惘中，这样说来，他们是跟刘专员有过联络的。到底怎么回事啊！好教人纳闷。

我们在饭桌上的气氛虽然很快活，仿佛唯有我一个人是什么都不知道蒙在鼓里的人，不知道他们俩怎么会一道来？不知道他们怎么跟刘专员联络的？同时，大家尽管谈快乐的事情，午田竟也不问我为什么独自不告而别跑到台中来，妹妹竟也不说她到底去了台北没有？这一次是从台北来，还是从台南来？两人怎么约会的？他们俩，他们俩到底是怎么回事儿啊？是——难道——我们现在就这样决定了我们姐妹俩的终身大事了吗？

好像只有我一个人纳闷，吃完了这顿饭，我们又回到客厅来坐。

"姐——"菊菊甜甜地叫着我，"我要告诉你一个好消息。"她的脸又光彩又明亮。

好消息，是的，我要听这好消息。

"我有一个机会出去了！"

"出去？到哪儿去？"

"到夏威夷去。"

"也到夏威夷去？"我不知道我怎么会冲口而出地这么问。

菊菊好像愣了一下，但随着又说：

"是一个教会的机会，可能有一年。但是，姐——我要看你结了婚我才走。"

"什么？！"好教我想不到的问题！

"你和许老师的婚礼，要早点决定，总要让我喝了你们的喜酒再走啊!"

啊——我完全纷乱了,我的脸在发热,妹妹的笑容,她一向是笑得这么甜,当她说这句话的时候,还是一样地甜。

菊菊,菊菊,你已经不是一个小女孩了,我不过三个月没见你,你的心境老了三年,还是三十年啊!你不会像刘专员一样的老吧?怎么能做出什么事都没发生过的样子呢?

"菊菊,你……"我什么也说不出来。

十七

推开书房的窗户,一阵清香的空气送过来,太阳照着墙头上开得正茂盛的九重葛,红得发紫的颜色,一串串的。但,香味儿并不是从那儿来的,是那棵含笑花发散出来的。很浓的夏。

但是我想吐,我从早晨起来就这么冒着酸水,什么都没吃。我把嘴里含的酸梅核子吐在窗外的花丛里。

这是我自己的庭院,这个花台比蔡家的宽一点,高一点,沿墙的一排竹篱笆,正爬着龙吐珠。

我的头发太长了,都垂到肩上来了,让我把它们拢到后面去,拿手绢扎起来,这样就清爽多了。该去一次理发店把它们剪短,重新烫过,天气这么热。

今天已经是十六号了,无论如何得把书房和书橱整理好,把它们暂时搬到卧室去,书房好腾出来给申幼住。

不错,今天是他们兄弟俩回来的日子。午田临走前就千嘱万嘱的,他出差到南部,五天,办完事正好回屏东家里去看看,并且,正好接了退役的申幼一起回来,所以,一向不许人移动的书桌,也宣布开放了,要我带着阿娇做,还说免得我累了身体,伤了肚里的小生命。看,都五天了,我懒得连一动都没动呢!

阿娇去买菜,不知现在回来没有?回来了,有鸡的怪叫声,一定是她在宰鸡,告诉她买只宰好的回来算了,她偏偏要自己宰。

到书桌来看看这一片蔓藤交缠的荒地吧,让我从哪儿下手整理呢?先把烟灰缸里的垃圾倒进字纸篓里。这几张零碎的报纸,到底是要的,还是不要的?丢在哪儿好?小花瓶后面的玻璃相框倒下来了,这是我和午田婚后在新房的合影,午田的头斜着看我,淘气地向我笑,好像就要跳出玻璃框子来拥抱我。身上忽起了一股暖流,我很想念他。

桌上的书籍,大半是厚厚的洋书,我认不得上面的多少字,在这方面,我该是配不上午田的,但是午田一点也没有那种想法,他是多么体贴我、爱护我。我现在不是很快乐吗?有这样一个丈夫,是值得骄傲的,是该满足的,何况我现在快要做母亲了呢?不是吗?我快乐得伤感起来了,别哭。

这张书桌真大,把书挪开了,桌面像张床!看看,这排抽屉,每个里面都塞满了东西,这边是柜橱式的,也塞满了东西。每个抽屉都有锁,可是都有名无实地敞着,钥匙堆在中间的抽屉里,全都生锈了。看,这是一筒网球,这是一堆旧贺年片,这是结婚喜帖,都堆在一个抽屉里。说是他的信件抽屉,可一封信也没有,过时的请帖,留着有什么用呢?我现在是不是该扔掉它们?还是放回抽屉里算了,说不定午田是要留一些做纪念的,有人不是连各种入场券都像邮票一样收集起来吗?

  这张转椅也吱吱扭扭的了,让我索性坐下来,以参观和欣赏来整理他的抽屉,排遣这一上午吧,也可以借此忘记我不舒服的胃。再说,我还从来没走进过他的书房生活的这一面来呢!午田是个好学不倦的人,他的抱负并不只在做一个普通的公务员就算了,他不断地在写、在译、在读。

  再打开这个抽屉看看,嗬!这回可全是信件了,胀得满满的,拉开来,有些纸片信件被拖到抽屉后面去了。唉!只好把整个抽屉拉出来,再伸手进去掏在后面的东西。几页纸,还有两三封信。

  啊!一眼就看出来了,两封是绿墨水写的,菊菊的。菊菊走了好几个月了,说是生活得那么好,工作得那么愉快,圆圆的脸,甜甜的笑,立刻又浮现在我的面前了。但是这两封信,却是给午田的旧信。

  信封上有了尘土,让我弹了去。

  我可不可以抽出来看看呢?菊菊和午田通信,以及其他的事情,虽然都已经成了过去,我何必又在这时给自己的心情添上一份不安?

  可是我忍不住,我也有好奇心呀。我只随便看看好了,我只当做一个不相干的人在看一封不相干的信好了。

  居然是密密麻麻地写了两大张,米黄色的航空信纸:

午田师：

您好吗？假期过得真快，转眼就过去了。这个假期我没有做什么，全在快乐的歌唱声里度过的，但是它是很有意义的，有耐心听我讲给您听吗？

前些日子有一位居留美国多年的音乐家来了，他给这里的各校同学组织合唱团做短期的训练，我也是其中的一员。我们登台演唱了几个他教给我们的歌。其中我们最喜欢唱的几首：《常常在静夜里》、《海韵》、《唱啊同胞》等。《海韵》是已故诗人徐志摩写的诗，也许您早已读过。但大家最喜欢的还是《常常在静夜里》这首歌，首先歌词就令人黯然神伤，我抄下来给您看：

> 常常在静夜里，当睡神尚未来临，
> 灭孤灯听细雨，忆从前快乐光阴。
> 童年哀乐依然如昨，情话缠绵诉衷肠，
> 眼泪流盼而今暗淡，欢心已碎剩悲伤。
>
> 情感浓来往密，想当年多少良朋，
> 尽凋零都逝去，似黄叶不耐秋风。
> 时常觉我如同行过，旧时堂宇静无人，
> 灯光已灭花冠久谢，空余孤客自伤神。
> 因此在静夜里，当睡神尚未来临，

灭孤灯听细雨,从前事反作销魂!

　　田师,常常在静夜里孤坐的习惯,您有吗?我最近便常常这样独坐着轻唱这首歌,脑中却泛起了一幅景象:一位孤独的老人正独坐回忆昔日的快乐而黯然。(我决定还是把歌谱一并寄给您,因为您也喜欢音乐,说不定您独坐无聊的时候,也会随着歌谱哼两声吧!)

　　这样抒情的歌曲,我们都很爱唱,为什么它不可以普及到社会上去呢?为什么它不可以代替那些靡靡之音的流行歌曲呢?

　　谢谢您上次寄给我的《贝多芬传》,我以前虽读过了(您记得吧,当您每次介绍给我的书,我一说读过了,您就说,这回我又失败了)。但对于贝多芬——这个一生充满了痛苦与忧患,但却从事讴歌"欢乐"给世人的音乐家,他的传记是不厌多读的。

　　夜已深了,就此停笔。敬祝

安好

　　　　　　　　　　　　　　　您的学生周菊同

　　心里有点儿不是滋味儿,不知道当菊菊那样愤慨地写到"靡靡之音"的时候,有没有想到姐姐?她当时忘记姐姐了吗?

　　这算不算是一个女学生对所仰慕的老师的一封蕴含着情意的信呢?以后他们又发展到什么程度了呢?妹妹这方面对午田是有着情

意的,不用说。午田呢?"请信任我哥哥的人格",是申幼说的,这并不妨碍到人格,现在的人,无论男女,都可以和不止一个异性朋友交往,在他们或她们之中选择一个,要不,申幼怎么会说"冲上去"的话。我没有冲上去,在妹妹的面前,我没有,也不想冲上去。而是——那么是妹妹退下去了!如果是的话,她退得那么自然,那么不动声色,那么可怜!

对于我和午田的结合,我该感谢谁呢?蔡太太?刘专员?妹妹?但一切都过去了。许多事情我到今天还不清楚,也不必追究了。

手里还有一封信,有着虫子爬过的污渍,日期是在上一封的后面,抽屉里或许还有几封,我都可以抽出来看,我就会进一步知道许多我所不知道的事。而且——午田不但没有毁掉妹妹给他的信,反而要我乘他不在的时候整理,是有意的吗?

那么我要不要继续看妹妹的信呢?

不。

放回抽屉里去,仍然放在最底层,照着原来的样子,只当我什么都没看见。如果午田要问的话,我不是可以若无其事地对他说:

"你自己整理吧,我人不舒服,你不是说要我小心自己的身体吗?"

好了,一切就是这样了,去帮阿娇的厨房工作吧!

贝多芬临终时,最后说的名句,那是:

"鼓掌,朋友,喜剧已经完结了!"